«VAR

FRANCESCO RIVA

IL PESCE CHE SCESE DALL'ALBERO

Prefazione di Giacomo Stella

Sperling & Kupfer

Pubblicato per

Sperling & Kupfer

da Mondadori Libri S.p.A.
Proprietà letteraria riservata
© 2018 Mondadori Libri S.p.A., Milano
IL PESCE CHE SCESE DALL'ALBERO
© 2017 Sperling & Kupfer Editori S.p.A., Milano

ISBN 978-88-200-6240-8

I Edizione settembre 2017

Anno 2018-2019-2020 - Edizione 4 5 6 7 8 9 10 11 12

Indice

DESIDERO dedicare questo libro a tutti i ragazzi DSA, in particolare a Dimitri, Silvia, Alessandro, Davide, Andrea e Riccardo.

Vorrei ringraziare la maestra Diana e tutti i miei insegnanti (Paola, Clelia e il mio professore di matematica), il professor Giacomo Stella, la mia collaboratrice e amica Gabriella, il mio caro amico Paolo, i miei fratelli Federico e Jacopo, la mia famiglia, il mio maestro e terzo presidente della Soka Gakkai Daisaku Ikeda, il buddismo di Nichiren Daishonin e tutti coloro che mi hanno sempre incoraggiato a credere in me stesso.

Un ringraziamento speciale va ad Antonella Bonamici e Alessandro Bongiorni, entrambi indispensabili per la realizzazione del libro.

Desidero poi dedicare in particolare questo libro anche a chi sta vivendo o ha vissuto un disagio a scuola, a chi lotta tutti i giorni perché il proprio diritto allo studio sia garantito, e a chi è disposto a mettersi sempre in discussione, perché di imparare non si finisce davvero mai.

Un ringraziamento speciale va soprattutto a te, caro lettore, che tra tutti i pesci hai scelto proprio quello che scese dall'albero.

Grazie!

Prefazione

di Giacomo Stella*

VIENI via con me, non aver paura, vieni via con me, seguimi per ogni riga, leggimi fino all'ultima parola. Vieni via con me.

Come dice la filastrocca alla fine di questo libro: «Dammi una mano a capire, sorridi quando c'è da gioire, abbracciami quando sto male».

È un libro per tutti: madri, padri, fratelli, zii, nonni,

---

* Professore di psicologia clinica presso l'Università degli Studi di Modena e Reggio Emilia, direttore scientifico di I.RI.DE. (Istituto di Ricerca Dislessia Evolutiva), fondatore dell'Associazione Italiana Dislessia (AID) e ideatore e responsabile scientifico dei centri SOS Dislessia.

persino baby sitter. Per insegnanti di lettere e di matematica, forse anche di religione. Per gli specialisti: psicologi, logopedisti, medici.

Prendiamo la madre: non è ansiosa, non è angosciata, non è iperprotettiva, non è arrabbiata. Anzi, anche davanti agli episodi di bullismo subiti dal figlio, lo invita a cercare gli elementi positivi, a trovare qualcosa di buono, lo incoraggia sempre e gli manda segnali rassicuranti («Forse sono anch'io come te»). La mamma di Francesco avrà anche lei avuto le sue preoccupazioni, come tutti i genitori, ma non si è fatta prendere dall'ossessione del voto, non ha trasformato suo figlio in un numero, come accade nella maggior parte delle famiglie in cui addirittura l'umore e la qualità del clima relazionale è determinato dai risultati del figlio. Eppure le tensioni ci sono state anche nella famiglia di Francesco, il padre che abita altrove ma fa la sua parte, magari solo raccontando storie inventate che però diventano speciali, perché uniche, solo per Francesco e non per i suoi fratelli, che ne avranno ricevute delle altre.

È una storia in cui entrano zii, nonni e baby sitter, e Francesco prende qualcosa da tutti. L'arricchimento di una persona dipende dalle diverse esperienze che fa, e anche l'apprendimento non può essere solo il risultato dell'impegno scolastico in quanto unica ed esclusiva fonte di conoscenza, ma si arricchisce di mille occasioni a volte impreviste, per esempio quella del piccolo daino. Non compare mai l'ossessione dell'apprendimento inteso come processo di accumulo o principio di prestazione; imparare è piuttosto visto come un puzzle di mille esperienze.

E gli insegnanti? Francesco ne descrive due tipi, e da questo quadro emerge un piccolo trattato di pedagogia, o di psicologia scolastica, fate voi. Ci sono quelli che usano tutti gli strumenti a loro disposizione per far capire, per coinvolgere, per trasmettere; e ci sono quelli che ritengono un valore il formalismo scolastico e che non accettano differenze o differenziazioni: no anche all'uso di strumenti e supporti, per «rispetto» nei confronti degli altri.

Gli insegnanti sono figure importantissime, hanno un potere magico: possono trasformare la scuola nel posto più desiderabile e l'apprendimento in un'esperienza eccitante, oppure possono tramutarla in un inferno da cui rifuggire e rendere l'apprendimento un supplizio, una punizione che ti insegue anche a casa. Numeri, calcoli, regole grammaticali sono mostri minacciosi, ma possono diventare anche amici. Tutto questo dipende dai docenti. In Francesco, come in Daniel Pennac, alla fine prevale il ricordo gradevole della maestra Diana o del mitico insegnante di matematica, che con un'immagine semplice gliel'ha fatta piacere.

Ma qual è alla fine la ragione che ha portato Francesco al successo? La determinazione? La passione per il teatro? La famiglia? La fede buddista? Me lo sono chiesto tante volte nelle mille occasioni in cui ho ascoltato il suo monologo, che si è pian piano trasformato e arricchito di sfumature e di sentimento, sempre di sentimento, cioè di vita, e non di spiegazioni o didascalie. Perché come dice lui, citando Confucio: «Dimmi e dimenticherò, mostrami e ricorderò, coinvolgimi e imparerò».

Alla fine mi sono convinto che non servono le mie chiacchiere per spiegare la dislessia: è molto meglio sentire il suo monologo, entrare con lui nel gorgo confuso e doloroso dell'incomprensione e dei rimproveri («Il ragazzo non si applica») oppure delle brucianti derisioni («Riva il mongolo!»), per poi prendere improvvisamente cuore e speranza perché è arrivato qualcuno che invece di irriderti ti incoraggia. Allora i vuoti di memoria si riempiono e comincia la rincorsa incalzante della scoperta e dell'apprendimento. E tutto gira, tutto diventa travolgente.

«Vieni via con me», dice la canzone di Paolo Conte che Francesco ha scelto come concertato del suo monologo. Un connubio perfetto per cui la musica sembra scritta per lui, per quelle fasi inebrianti in cui Francesco resuscita e scopre il successo.

Gli aforismi sono definizioni perfette che spesso racchiudono in poche parole delle verità semplici. Recentemente ne ho letto uno che ben si adatta alla storia che viene raccontata: «Un uccello posato su un ramo non ha mai paura che il ramo si spezzi, perché la sua fiducia non è nel ramo, ma nelle sue ali».

Il problema però è: chi gli insegna a volare? Chi cura l'albero in modo che i rami crescano?

Non so trovare un motivo per cui Francesco ce l'ha fatta. Il motivo, o i motivi, cercateli voi.

Introduzione

«OGNUNO è un genio, ma se si giudica un pesce dalla sua abilità di arrampicarsi sugli alberi, lui passerà tutta la vita a credersi stupido.»

A pronunciare queste parole è stato il grande Albert Einstein, uno dei dislessici più famosi della storia. La sua frase spiega perfettamente la condizione di chi ha disturbi specifici dell'apprendimento o di chi, più in generale, fatica a essere compreso.

La scoperta di quello che oggi credo sia uno dei più grandi benefici che la vita mi ha dato risale a quando avevo otto anni: in quel periodo mia madre, grazie soprattutto a un insegnante, si era accorta che mio fratello stava manifestando i classici sintomi della dislessia. Dopo averlo sottoposto a diversi test medici, i sospetti si rivelarono fondati.

Non molto tempo dopo venne diagnosticata anche a me e a mia madre. La dislessia è ereditaria e, nel mio caso, deriva da un gene appartenente al ceppo materno della famiglia.

Dopo la diagnosi capimmo che le difficoltà che incontravo a scuola erano legate proprio a questa condizione. La mia forma di dislessia, oltretutto, era piuttosto articolata e comprendeva disgrafia, disortografia e soprattutto discalculia.

Una volta presa coscienza di ciò, mi resi conto di avere davanti due possibilità, e che entrambe sarebbero dipese (quasi) solo ed esclusivamente da me: potevo perdere o potevo vincere.

In questo libro voglio semplicemente raccontare in che modo sono riuscito a «trasformare il veleno in medicina», come recita un antico proverbio buddista: come ho fatto cioè a trasformare uno svantaggio in un punto di forza.

Credo infatti che ognuno di noi nasca per compiere una missione, una personalissima rivoluzione umana, e credo anche che ognuno venga al mondo con le capacità necessarie per poterla attuare e diventare quindi un esempio per gli altri.

Grazie all'impegno costante nel coltivare le proprie passioni e credere nei propri sogni, con gli strumenti giusti si possono raggiungere risultati che nessuno si aspetterebbe.

Nemmeno noi.

1
Elementari, Watson

La Grassa Elefantina. Ecco come chiamavo la maestra Pina, *quella* di matematica, geometria e scienze. Com'è abbastanza facile intuire, non mi stava particolarmente simpatica.

La Grassa Elefantina mi suscitava un senso di fastidio, e questo dipendeva dal fatto che insegnava matematica, la materia che più di tutte mi ha sempre creato grossi grattacapi. Per me infatti la matematica era una specie di mostro che arrivava dal buio e buttava lì tutti i suoi numeri, i suoi segni, le sue operazioni. Un orco dalle molteplici teste, e ogni testa aveva una sua proprietà malefica.

Ogni volta che mi veniva presentato un calcolo, dentro di me scattava un allarme, una sirena fastidiosa che diceva: «Attenzione! Operazione difficile!» Sapevo che dovevo concentrarmi al massimo. Anche dietro un'operazione apparentemente facile poteva nascondersi il classico errore di distrazione; magari iniziavo bene, ma poi non sapevo come proseguire, i numeri cominciavano a sovrapporsi, uno entrava nell'altro e poco dopo diventava divisibile per se stesso e sommabile a un altro numero, sottraibile e a volte anche frazionato.

Nei moltissimi – e inutili, a ben vedere – calcoli che processavo nella mia testa facevo spesso operazioni di riporto che poi perdevo per strada. Scomponevo i numeri per semplificarli, poi riprendevo le cifre che avevo messo da parte e le aggiungevo in un secondo o terzo momento, smarrendomi completamente nel bel mezzo dell'operazione.

Era come se non riuscissi a visualizzare il simbolo grafico del numero e ad associarlo alla cifra che rappresentava. Per esempio, magari sapevo che quello era un 44, ma non sapevo risalire alla quantità di unità e decine che esso conteneva. Quindi, per capirne la quantità, ci mettevo più tempo rispetto a una persona «normale».

In geometria invece non riuscivo a comprendere concetti come l'ipotenusa, il cateto maggiore o minore, i gradi degli angoli eccetera. Perché diavolo era necessario fare dei quadrati attorno a un triangolo per calcolare qualcosa che stava al suo interno? E le tabelline? Quelle non le ho mai imparate. Mio nonno provò a farmele memorizzare in tutti i modi: ogni volta che andavo a mangiare dai nonni, dopo un primo ripasso lui mi diceva: «Checco! Come fai a non capirle?! Devi solo ricordarti dei numeri! Dai, ricominciamo finché non me le dici bene».

Ma era tutto inutile.

Le tabelline erano inutili! Non c'era verso, non riuscivo proprio a immagazzinare quella sequenza di numeri. Ma mio nonno, che era un ingegnere, quindi di mentalità molto pragmatica, non poteva capire il mio disagio.

Le insegnanti, al contrario, avevano intuito che c'era qualcosa di vagamente strano, ma pensavano che fossi semplicemente tanto, troppo svogliato.

Invece, per me la matematica era cattiva. La ma-

tematica faceva paura. Punto. E la maestra Pina insegnava una materia che incarnava il mostro.

A peggiorare le cose c'era anche il fatto che ero
– e sono ancora – un perfezionista, oltre che un gran
curioso, e questo rappresentava un limite. A me non
bastava sapere che 5 + 2 fa 7. Io dovevo capire il
perché. Mi rendo conto che in matematica – o in
qualsiasi altra materia con delle regole prestabilite –
non sia facile, ma il ragionamento che c'è dietro un
calcolo per me era fondamentale. Oltretutto il 7 è un
numero che di per sé non mi piace affatto.

La maestra Pina non lo capiva, così decise che l'ora
di matematica l'avrei impiegata per diventare un pittore. Quando lei spiegava, io stavo al mio banco a
disegnare. A scuola succede spesso: la maestra è da
sola, ha tanti alunni e deve fare lezione; se qualcuno
non capisce, non può lasciare indietro tutta la classe,
quindi piuttosto che non fargli fare niente lo fa
disegnare.

Il «problema» era che con le matite me la cavavo
piuttosto bene. Il disegno mi permetteva di fuggire dal
mostro, quindi mi ci applicavo con anima e corpo. A
sette anni ero una specie di architetto autodidatta,

disegnavo palazzi e ne immaginavo la prospettiva. Organizzavo perfino gli spazi interni, suddividevo i locali, arredavo, proiettavo. Il risultato fu che finite le elementari avevo sì sviluppato una grande mano, ma non sapevo le tabelline.

Matematica a parte, le elementari le ricordo come un periodo piuttosto felice. Ho passato tanto di quel tempo a giocare che oggi mi sembra addirittura eccessivo. Io, Paolo e Federico, i miei due migliori amici, ci inventavamo decine e decine di giochi, anche diversissimi tra loro. A differenza della maggior parte dei miei compagni di classe, o di scuola, i nostri giochi erano strutturati.

Gli altri giocavano a calcio? Sì, bello. Gli altri giocavano alla lotta? Va bene. Ma volete mettere giocare al papa in lotta con l'imperatore per il potere temporale?

Noi tre, altresì noti come «I tre dell'Ave Maria», facevamo giochi di questo tipo e lo facevamo con dovizia di particolari. Quello che di noi tre avrebbe interpretato il papa, avrebbe dovuto vestirsi più o meno da papa. E così l'imperatore.

Questa ricerca del dettaglio faceva sì che per noi

il gioco fosse una cosa serissima. Giocavamo davvero. Era un lavoro, con delle regole e dei ruoli ben precisi. Non si poteva sgarrare. Ognuno di noi interpretava il proprio personaggio e lo portava avanti a qualunque costo. Entravamo nella parte con maniacalità.

Il film cult d'animazione *Toy Story*, per esempio, è stato una fonte inesauribile di ispirazione. Il ruolo di Buzz Lightyear, l'astronauta-giocattolo, era naturalmente il più ambito; facevamo di quelle lotte per stabilire chi lo avrebbe interpretato... Poi c'erano Woody, Mr. Potato, Rex e tutti gli altri. A mano a mano che andavamo avanti, sempre più amici ci chiedevano di poter partecipare.

Un giorno, durante un intervallo lungo, giocammo all'aereo. Il gioco consisteva nel creare le condizioni che ci sono a bordo di un aeroplano. Prima disponemmo i banchi in modo da creare un Boeing, poi iniziò la parte interpretativa. Ognuno aveva il proprio ruolo: pilota, copilota, assistente di volo eccetera. Anche quella volta, come spesso accadeva, in breve tempo tutti i nostri compagni mollarono quello che stavano facendo per unirsi a noi: chi iniziò a fare il passeggero, chi la hostess, chi l'addetto alla pista.

Il nostro entusiasmo era contagioso. La maestra Pina, però, non vedeva di buon occhio questo modo di giocare. Le sembrava eccessivamente chiassoso.

Ogni tanto fra me e i miei due amici scoppiavano delle liti. Io volevo essere sempre il protagonista, qualsiasi gioco fosse, e lo stesso volevano fare Paolo e Federico, quindi nascevano discussioni infinite che poi si risolvevano nella maniera più logica: «Facciamo a turno!»

Naturalmente.

Se con Federico eravamo amici, con Paolo eravamo quasi fratelli. È vero che ognuno ha il proprio carattere, ma Paolo era uno di quelli un po' complicati, che al primo impatto poteva anche non risultare simpaticissimo, non so se mi spiego...

A ogni modo, superata la diffidenza iniziale, o forse proprio grazie a questa, ben presto notai in lui qualcosa, un'affinità particolare, un modo comune di vedere le cose. La nostra amicizia dura ancora oggi.

Ci siamo anche menati un paio di volte, io e Paolo. Storie di bambini.

Però lui, più di ogni altro, mi ha seguito sempre in tutte le mie trovate. Mi assecondava. Talvolta lo faceva a modo suo, con quel fare un po' da criticone, ma c'era sempre.

Insomma, a scuola mi divertivo, però nella didattica continuavo a faticare, e alle difficoltà in matematica si aggiunsero ben presto quelle in italiano.

Le singole lettere che componevano una parola, che a sua volta si inseriva in una frase, mi risultavano spesso confuse. Più si andava avanti, più si alzava l'asticella, maggiore era la mia perplessità. Le lettere si accavallavano, si scomponevano, e io faticavo a leggere correttamente una parola un po' più lunga. O meglio, non è che non riuscissi: semplicemente mi serviva più tempo. Avevo una proprietà di linguaggio decisamente sviluppata per la mia età, superiore a quella di molti miei compagni. Inoltre parlavo correttamente: la consecutio temporum per me non aveva segreti. Ma il mio cervello – me lo spiegarono più tardi – elaborava le informazioni in modo diverso dal resto dei miei compagni.

Il momento di leggere ad alta voce in classe era un vero e proprio dramma. Gli altri procedevano senza problemi, ognuno col proprio ritmo, mentre io spesso mi bloccavo. Non appena mi fermavo in mezzo a una

frase per elaborare una certa parola, il coro dei sug-
geritori iniziava a mettermi pressione. Quindi per
ovviare a questo problema iniziai a inventare. Smisi
di fermarmi nel tentativo di leggere meglio e correttamente e cominciai ad affidarmi all'intuito, cercando
di indovinare la fine delle parole. Naturalmente sbagliavo spesso, modificando completamente il senso
del vocabolo e di conseguenza della frase. Ma almeno
non mi fermavo.

Ricordo quando mi capitò di leggere «streghe»
invece di «segrete»: la classe scoppiò a ridere. Per
molti anni ho pensato che la sigla di Radio Monte
Carlo dicesse «Musica di *conclasse*» o «Musica *che
ti sconquassa*», mentre invece diceva «Musica di *gran
classe*». Quante volte ho detto «Da che mondo e
mondo», «Tanto va la gatta al *largo*...», «Abbiamo
pareri *discostanti*».

Ho scoperto a sedici anni che si diceva «co*l*tello» e
non «co*r*tello», oppure «com*p*iti» e non «con*p*iti».

Per un dislessico leggere è una fatica enorme, come
impegnarsi a spostare qualcosa di molto pesante che
nonostante tutti gli sforzi si muoverà solo di pochi
centimetri. E tu lo sai fin dall'inizio che andrà così.

17

In questo contesto, mi sembrava normale non avere voglia di leggere davanti a tutti.

E poi la punteggiatura: incomprensibile. Non sapevo proprio come usarla. Era come avere una mappa senza legenda: non avevo niente che mi aiutasse a comprendere simboli, segni e relativi significati. Non riuscivo a capire il meccanismo delle virgole, per esempio. Ancora oggi faccio fatica a individuare il posto giusto per inserirle. Eppure il mio vocabolario era più ampio di quello di molti miei coetanei.

Conoscevo la grammatica a parole, quando parlavo riuscivo a esprimere concetti anche abbastanza complessi, ma i principi di pause, punti e virgole erano un mistero. Quando scrivevo, lo facevo esattamente come se stessi parlando, e finivo così per scontrarmi con le regole della grammatica. Spesso scrivevo «cè» invece di «c'è», oppure «un pò» invece di «un po'», e ancora «c'è l'ai» al posto di «ce l'hai» e così via.

Tutto questo si sommò ai problemi di mio fratello Federico, di quattro anni più grande. Se per me leggere era un problema, per lui era un vero e proprio dramma. Le sue difficoltà erano ancora maggiori delle mie, ma nemmeno quelle si spiegavano...

Jacopo, invece, il mio secondo fratello, gemello di Federico, sembrava perfetto.

Perché?

La svolta in italiano, per quanto mi riguarda, avvenne con l'arrivo della maestra Diana, che insegnava italiano, storia e geografia. Diana era una specie di supermaestra, animata da una passione incredibile per il lavoro che svolgeva. Era la maestra con la M maiuscola.

Si accorse ben presto delle mie difficoltà e del disagio che mi storceva la bocca quando dovevo leggere ad alta voce, così iniziò a non farmi più leggere. Ma lo fece d'accordo con me.

Fu un grande sollievo.

Ogni volta che entrava in classe prendeva me e altri cinque e ci metteva in prima fila, davanti alla cattedra. In realtà lo faceva solo per me, per monitorarmi e aiutarmi a mantenere alta la concentrazione – un problema dei dislessici è proprio quello del mantenimento dell'attenzione – ma senza farmi sentire «il diverso». Durante i dettati si adoperava per semplificarmi la vita. Se una frase recitava «il chiaro e azzurro cielo del mattino», lei mi dettava solamente, a bassa voce, «l'azzurro cielo del mattino». In quel modo ero gratificato del mio lavoro e conservavo un bel ricordo di quella lezione, e questo produceva in me la volontà di migliorarmi, oltre a non farmi sentire un peso per l'intera classe.

La maestra Diana era così brava che le voci sul suo conto iniziarono a girare, e i genitori dell'altra classe chiesero alla preside di assegnarla anche ai loro figli. Il compromesso fu presto raggiunto, e Diana dovette così dividersi tra noi e la classe accanto.

La «mia maestra Diana» divenne la «mia mezza maestra Diana». Ma almeno c'era.

E storia? Come spiegava storia, la maestra Diana? Invece delle classiche lezioni, con lei mettevamo in scena gli avvenimenti del passato. Si parlava dei romani? Bene, allora recitavamo le gesta dei romani. Si parlava dei greci? Nessun problema!

Una volta recitammo il mito di Edipo e della Sfinge. Un nostro compagno faceva la Sfinge e noi, a turno, interpretavamo Edipo e dovevamo rispondere ai tre indovinelli. A seconda di come rispondevamo, la Sfinge ci avrebbe lasciato passare oppure ci avrebbe uccisi sul posto. Dieci minuti dopo il pavimento della classe era disseminato di bambini stesi a terra, e quando la bidella improvvisamente entrò e si trovò davanti quello spettacolo disse: «Ma che è? Una strage?!»

Oppure ricordo quando recitammo l'incontro avvenuto il 26 ottobre 1860 a Teano tra Garibaldi e Vittorio Emanuele II, re d'Italia: tutti volevano essere o Garibaldi o il re, mentre io pur di partecipare mi sarei accontentato di fare anche solo la guardia.

In questo modo per me era semplicissimo imparare, perché venivo sgravato dal peso della lettura. La mia memoria si sviluppò in modo così efficace anche grazie ai miei genitori, i quali, accettando ben presto le mie difficoltà con la lettura (pur continuando a non capirne le cause), mi facevano studiare con le orecchie: in pratica, leggevano loro il libro al posto mio, ad alta voce, e io memorizzavo.

La maestra Diana ha avuto soprattutto il merito di avermi fatto capire come sono fatto, e di avermi dato i mezzi per ottenere il meglio dalle mie capacità. In una parola, mi ha donato l'autonomia.

Dopo tanto tempo passato a credermi stupido, relegato a disegnare quando spiegarmi le cose diventava troppo complicato, a un tratto la mia vita cambiò.

Nel 2001, a otto anni, mi diagnosticarono la dislessia, e così tutte le mie fatiche scolastiche, e insieme a loro il fardello di interrogativi che si portavano dietro, ebbero una risposta certa. Anzi, per certi versi la cosa ringalluzzì me e tutta la famiglia, quando un medico disse ai miei genitori che il mio quoziente intellettivo era di parecchio superiore alla media.

Perché è così che funziona quando sei dislessico e intelligente: senti di capire le cose, senti che le sai, ma c'è un meccanismo che non ti permette di assimilarle come fanno gli altri.

Quindi ti senti stupido.

Il problema è che tu sai di esserci con la testa, ma non riesci a spiegarlo, e da fuori è difficile capirti davvero. Il vero dramma di questa condizione è sapere di non potersi fidare della propria testa. Quando fai dei calcoli, sai per certo che sbaglierai. Tutti i giorni combatti contro te stesso. È una sensazione davvero spiacevole con cui, soprattutto da bambino, è difficile convivere.

Facciamo un esempio di come la mia testa affronta una banale moltiplicazione. Ipotizziamo di dover calcolare 14 x 3.

Per me un numero di due cifre è già grande, così cerco di semplificarlo, dividendolo per due: $14 : 2 = 7$.

L'operazione è diventata: $(7 \times 3) + (7 \times 3)$.

La tabellina del 7 è di quelle che non ricordo bene, quindi semplifico ancora: $7 - 2 = 5$.

Ora l'operazione è diventata: $(5 \times 3) + (2 \times 3) + (5 \times 3) + (2 \times 3)$.

La tabellina del 5 non è un problema: $5 \times 3 = 15$.

E neppure quella del 2 lo è: $2 \times 3 = 6$.

$15 + 6 = 21$.

A questo punto non resta che raddoppiare il risultato: $21 + 21 = 42$.

Ecco come, passaggio per passaggio, in maniera molto macchinosa, la mia mente da discalculico ha elaborato 14×3.

In pratica, sapendo di avere problemi con i numeri il mio cervello ha bisogno di scomporre un numero apparentemente complesso come 14, ma in questo modo i calcoli si allungano e diventa facile commettere errori o saltare un passaggio. (Ovviamente si tratta di un esempio basato sulla mia esperienza personale: non è detto che tutti i discalculici avrebbero risolto la moltiplicazione in questo modo.)

Quindi, in conclusione? Per molti ero stupido. Facile facile. E poco alla volta mi ero convinto di esserlo davvero.

Invece saltò fuori che avevo un quoziente intellettivo pazzesco. Una grande rivincita.

Stupido? Chi, io?!

Il giorno in cui mi fecero la diagnosi è ben impresso nella mia memoria. La ricordo soprattutto come un'esperienza sensoriale: l'ospedale, l'odore delle stanze, i medici, i suoni.

Dopo una serie di test scritti mi fecero mettere a petto nudo e mi attaccarono degli elettrodi al petto e in testa. Questi ultimi servivano a monitorare quale parte del mio cervello intervenisse e come, in base agli stimoli cui mi avrebbero sottoposto di lì a poco. A onor del vero devo dire che i metodi diagnostici di oggi sono molto più avanzati e meno invasivi rispetto a quelli di quindici anni fa. Oggi gli esperti del settore ricorrono quasi esclusivamente a test grafici, senza macchinari o attrezzature. La ricerca ha fatto passi da gigante.

A ogni modo, la diagnosi («Dislessia, signori!») diede senso e ordine a un sacco di altre cose. Infatti, anche mio fratello Federico risultò essere dislessico, e così si spiegarono anche le sue difficoltà.

Come se non bastasse, alla luce di questa tutt'altro che semplice doppia verità, mia madre sentì che quello che provavamo io e Federico non le era del tutto e-straneo. In qualche modo ci si ritrovava, sebbene lo avesse sempre taciuto.

I medici ci spiegarono che la dislessia di solito è tramandata geneticamente, quindi – ripensando ai tempi in cui andava a scuola – mia mamma credette di poter essere a sua volta dislessica. Tempo dopo fece i test e ne ebbe la certezza definitiva: anche lei era dislessica, seppure in misura lieve.

Da uno a tre in un colpo solo. La mia è sempre stata una famiglia molto unita. In tutto.

Per quanto riguarda me, i risultati dissero che avevo una leggera dislessia, disgrafia, disortografia e una grave discalculia: ed ecco spiegate le mie grandissime difficoltà in matematica. La diagnosi di mio fratello Federico invece fu quasi simmetrica rispetto alla mia: gravemente dislessico, gravemente disgrafico e disor-tografico e lievemente discalculico. Ancora oggi, ormai adulto, ha grosse difficoltà a leggere e ad articolare un discorso grammaticalmente complesso. D'altronde la dislessia non è una malattia, qualcosa da cui si può guarire, ma è una condizione con la quale si può imparare a convivere, talvolta anche molto bene.

Fin da piccolo la dislessia gli ha sempre causato non pochi problemi relazionali. Spesso veniva preso in giro dai compagni e a volte era vittima di bullismo. Fu anche aggredito fisicamente.

Federico ha sempre avuto una spiccata sensibilità emotiva, è sempre stato molto intelligente, ma spesso non trovava il modo di esprimere il suo enorme mondo interiore, e io lo capivo, noi ci capivamo, spesso ci consolavamo a vicenda.

Mio fratello aveva però, come spesso accade nei casi di DSA (una sigla che vuol dire Disturbi Specifici dell'Apprendimento), un lato estroso grazie al quale riusciva a sfogare tutto il suo potenziale: era un asso nei lavori manuali e in ogni tipo di sport. Gli bastavano una palla, un campo di qualsiasi tipo e la presenza di una rete, e in poco tempo imparava quasi tutto di quello sport. Calcio, tennis, basket, pallavolo: per lui non faceva differenza.

In definitiva, il sostegno reciproco all'interno della

mia famiglia, rafforzato dalla capacità di capirci davvero l'un l'altro, è stato determinante per la mia (buona)
crescita. Da una diagnosi – o meglio, da tre diagnosi
– di questo tipo la mia famiglia ne è uscita incredibil-
mente rinforzata.

2

«A me gli occhi»

«Risotto alle fragole.»

Il signore seduto al tavolo mi guardò di traverso, divertito. «Come, scusi?» mi domandò.

«Di primo abbiamo il risotto alle fragole», ribadii.

«Va bene, allora. Lo prendo.»

Feci finta di segnare l'ordinazione sul mio bloc-chetto immaginario, lo ringraziai e mi allontanai.

Ero in montagna con la mia famiglia, in albergo, e naturalmente stavo giocando. Tra il personale e i clienti si era sparsa in fretta la voce di un bambino di sette, otto anni che si divertiva a interpretare il cameriere di sala, e ricordo che tutti si prodigavano per assecondarmi. Per inciso, anche il menù era inventato: in quell'albergo non servivano risotto alle fragole.

La maestra Diana, con le sue rappresentazioni storiche, aveva messo in moto qualcosa. Ben presto mia madre capì che mi serviva un luogo adatto a permettermi di esprimere la mia fantasia. Casa e scuola iniziavano a starmi strette.

Quel luogo era il teatro.

Un giorno mi caricò in macchina e mi portò in una scuola non lontano da casa. A dirigerla c'era una «signora» – io, dal mio piccolo, la vedevo così, anche se in realtà era abbastanza giovane – di nome Francesca.

Fu amore a prima vista. Prima ancora di iniziare pensai di aver trovato una seconda casa. Non mi sarei mai più privato, neanche per un breve periodo, di quell'attività. Per tutti gli anni delle elementari fino in terza media, il sabato alle tre del pomeriggio era il mio momento. Nessuno poteva togliermelo, o mettermi degli impegni che cadessero a quell'ora. Certe settimane, magari le più complicate a scuola, vivevo solo ed esclusivamente in funzione di quel giorno.

Ricordo la sensazione di libertà quando capii che

quello era il mio posto. In scena mi sentivo invincibile: lì la mia fantasia non aveva freni, trasformavo il corpo e la voce in tutto ciò che volevo, come e quando lo volevo. Quando recitavo le mie stranezze, se così si possono chiamare, diventavano normali. Anzi, spesso erano un punto di forza; non venivo giudicato, non dovevo dimostrare a nessuno di non essere stupido.

A teatro ero Francesco Riva e basta.

Imparavamo un sacco di cose divertendoci un mondo.

Che poi, teatro... In origine quello di Francesca non era proprio un teatro in senso fisico, con palco, platea e dietro le quinte. Erano più che altro locali spaziosi, ma per noi in quel momento era l'ideale. Il teatro vero e proprio sarebbe arrivato col tempo.

Uno degli esercizi (ma sarebbe meglio dire «giochi») che mi divertiva di più era la camminata: Francesca scriveva su dei fogliettini un materiale – sabbia, lava, acqua, cemento, terra e così via –, poi faceva delle palline, le mischiava e ci faceva pescare da un sacchetto. Ognuno di noi, in gran segreto, leggeva il suo bigliettino. Poi cominciava la messa in scena: chi aveva pescato «lava», per esempio, doveva simulare una camminata sulla lava, e gli altri dovevano indovinare il materiale. Un altro gioco consisteva nell'interpretare un oggetto, servendosi solo del proprio corpo e senza l'ausilio di alcun tipo di suono. Anche in questo caso i compagni dovevano indovinare di cosa si trattasse. Quando feci il ventilatore iniziai a muovere le braccia in modo circolare, a ritmo alternato, mentre soffiavo dritto davanti a me.

Poi c'erano giochi più classici come Ruba bandiera, Ce l'hai, Mosca cieca e così via. Era la giusta formula che coniugava spensieratezza e apprendimento.

La mia vita nel teatro di Francesca andò avanti fino in terza media, quando per sopraggiunti limiti di età dovetti lasciare la compagnia. Francesca, infatti, lavorava solo con bambini sotto i quattordici anni.

Alle superiori entrai in altri gruppi, continuai la mia attività e lo feci sempre con una certezza, cioè che il teatro era il mio regno: non solo mi piaceva a dismisura, ma fino a quel momento ero sempre stato il più bravo. Ecco perché entrai in crisi quando un bel giorno si unì alla nostra compagnia un altro ragazzo. Il suo «problema» – in realtà il *mio* problema – era il talento che sprigionava. Era bravo, molto bravo, quanto se non più di me. Era la prima volta che mi succedeva.

All'inizio ne soffrii tantissimo. Il teatro era la mia zona franca, il mio habitat, l'unico luogo dove mi sentivo uguale agli altri, persino superiore. E quel maledetto era arrivato per strapparmi lo scettro. Mi voleva detronizzare, o per lo meno ambiva a condividere lo scranno.

Poi un giorno, all'improvviso, dopo mille discorsi a casa, scattò qualcosa: capii che non dovevo essere geloso. I miei genitori mi avevano spiegato fino allo sfinimento che il mio talento era unico, e così il suo. In sintesi, dicevano, le nostre qualità erano diverse, quindi la gelosia non aveva davvero senso; era inutile anche pensarci.

Ci volle del tempo, ma alla fine riuscii a metabolizzare e fare mia questa verità, e mi sbloccai.

Fu la mia prima crisi come attore. Una volta superata, imparai a sfruttarla per migliorare sempre di più. L'arrivo di quel viceré – il massimo grado che in ogni caso gli avrei mai concesso – alla fine si era rivelato positivo.

3
Mamma e babbo

A UN certo punto della mia infanzia i miei genitori decisero di separarsi e, come se non bastasse la scuola, l'atmosfera si fece pesante anche a casa.

Papà e mamma però sono entrambi persone molto intelligenti e sensibili: ci lasciarono fuori dalle loro diatribe e pensarono innanzitutto al bene mio e dei miei fratelli. Inoltre la loro visione del mondo era molto simile, soprattutto su temi importanti come l'educazione dei figli. Non solo: entrambi avevano abbracciato fin da giovani il buddismo, e l'adesione a questa filosofia li aiutò a superare nel migliore dei modi la dolorosa fine del loro matrimonio.

Nella mia crescita è stata fondamentale soprattutto mia madre, anche quando scoprimmo la mia (la nostra) dislessia. È sempre stata una donna molto forte, e anche quando sarebbe stato lecito non si è mai persa d'animo. E quando lo faceva non lo mostrava agli altri.

Non riesco neppure a ricordare le volte in cui mi ha spronato a non rendere il mio disturbo motivo di vittimismo o a sfruttarlo come scusa per lasciarmi andare. Spesso mi diceva: «Ricordati, Checco, che proprio perché sei dislessico devi studiare con più costanza degli altri, e devi giocare d'anticipo».

In alcuni momenti si è dimostrata una vera e propria eroina. Per esempio quando alle superiori riuscì ad avere la meglio sulla professoressa di matematica, che non voleva rispettare i miei diritti di DSA come l'utilizzo di strumenti compensativi: calcolatrice, tabelline, dizionario e computer. Dopo infinite e inutili discussioni, mia madre tirò fuori gli artigli e riuscì a organizzare un incontro tra la mia psicopedagogista e il corpo docenti, solo per far capire alla professoressa di matematica quali fossero i miei problemi e i relativi diritti.

Spesso è stata lei a starmi vicino e a credere in me quando io non avevo la forza di farlo. Mio padre, invece, come molti papà, inizialmente ha avuto un piccolo rifiuto a riconoscere la mia condizione. Poco alla volta però ha compreso anche lui il mio disagio, e anzi il suo aiuto nello studio è stato spesso determinante (aspetto per il quale mia madre invece non è mai stata molto portata...).

Mio padre, per esempio, mi insegnò i mesi dell'anno in inglese grazie a una filastrocca inventata da lui; oppure si inventò il modo di farmi memorizzare i nomi delle capitali europee grazie alle assonanze. Reykjavík, per dirne una, richiama l'idea di una chiave: ReiCHIAVIc.

Il mio babbo – lo chiamo alla toscana – è sempre stato un uomo molto dedito al lavoro, così come lo era stato suo padre e ancora prima il padre di suo padre. È un uomo intelligente e di bell'aspetto, parla cinque lingue, è molto curioso e assetato di conoscenza. Lo vedevo come il mio supereroe, e riusciva sempre a trovare il tempo per raccontarmi qualche favola prima di andare a dormire. Favole inventate di sana pianta. In particolare, mi affezionai subito alle avventure di «Nemo, il capitano scemo» che possedeva il *Krautilus*, un sommergibile a forma di salsiccia spinto da lunghi e filamentosi crauti che fungevano da eliche. Il suo acerrimo nemico era il temibile dottor Knapper, che al posto delle gambe aveva dei potentissimi zoccoli meccanici.

Certo, i miei genitori sono esseri umani, con i loro pregi e i loro difetti, ma penso di essere stato molto fortunato, perché al di là dell'aiuto concreto hanno fatto la cosa più importante che si possa fare per un figlio, soprattutto se dislessico: sostenerlo, incoraggiarlo, amarlo sempre e incondizionatamente. E, cosa non secondaria, dargli la possibilità di sbagliare e di correggersi da solo, una volta capito l'errore.

4

La discalcolatrice

LE scuole medie me le ricordo come un periodo... strano.

Non credo esista una parola migliore di questa per spiegare come le ho vissute. Sicuramente non è stato un periodo memorabile, ma nemmeno drammatico.

Strano, appunto.

In quei tre anni la mia struttura fisica cambiava continuamente: me ne rendevo conto io stesso. I brufoli non mi davano tregua e i peli crescevano a una velocità impressionante e in luoghi prima impensabili. Per non parlare degli odori... Ricordo soprattutto quelli di alcuni miei amici.

Il corpo era in fase di assestamento, e nel trovare una sua dimensione capitava sovente che prendesse una forma diciamo poco armonica. In poche parole, eravamo tutti più o meno bruttini.

E poi non avevo affatto chiaro dove stessi andando né cosa stessi facendo.

Iniziai a frequentare dei compagni di classe un po' esagitati, e rischiai più volte di finire in qualche guaio più grosso di me. Una volta fummo fermati e identificati dalla polizia in quanto colti in flagrante a scrivere sui muri. La cosa assurda è che io nemmeno ci scrivevo, sui muri! Non l'avevo mai fatto e nemmeno avevo intenzione di iniziare. Ma ero nel gruppo di quelli che al contrario si sbizzarrivano a «taggare» le case, quindi finii in mezzo anch'io.

Passai un brutto quarto d'ora.

I problemi a scuola erano grosso modo gli stessi delle elementari, soprattutto in matematica. Due volte alla settimana, per recuperare il programma e mettermi in pari con gli altri, facevo lezioni individuali con l'insegnante di sostegno.

Un giorno – ero in terza media – stavo tornando in aula insieme alla professoressa quando sentii l'impellente bisogno di andare in bagno. Chiesi il permesso, e lei ovviamente acconsentì.

«Ti aspetto in classe», disse.

Corsi verso i servizi, mi chiusi la porta alle spalle e quando iniziai a sbottonarmi i pantaloni mi accorsi di avere ancora in mano la calcolatrice scientifica e ipertecnologica della mia insegnante di sostegno.

E adesso cosa faccio?, pensai.

Non volevo lasciarla sul lavandino esterno per paura che qualcuno la rubasse. Per terra era sporco e bagnato, quindi no. Alla fine trovai l'unica soluzione possibile in una specie di gioco di prestigio: mi incastrai la calcolatrice tra il mento e il petto. Mi sentii anche parecchio orgoglioso della trovata.

Appena iniziai a fare pipì la calcolatrice mi scivolò dal mento, finendo direttamente nel buco del water.

Rimasi paralizzato, in balia di una situazione che non avevo minimamente previsto e alla quale non ero pronto.

La calcolatrice navigava nell'acqua-mista-pipì del gabinetto. Possiamo considerarlo l'emblema del mio rapporto coi numeri.

Ripresi il controllo e mi abbottonai.

La discalcolatrice

Dovevo fare qualcosa.

Pensa, Francesco, pensa.

Non volevo tirare lo sciacquone per paura che la calcolatrice scivolasse nei meandri del sottosuolo cittadino.

Pensa ancora, Francesco.

Una calcolatrice costosissima...

Alla fine, con molta attenzione, infilai la mano nel water e la tirai fuori. Immaginate la faccia che avevo.

Andai al lavandino reggendola con due dita e la sciacquai con l'acqua pulita. Pregai che funzionasse ancora. Implorai il dio della matematica di non farmi questo.

Quando credetti di averla ripulita a dovere, l'asciugai alla bell'e meglio.

Poi venne il momento di testarla. Furono attimi drammatici.

Premetti il pulsante ON trattenendo il fiato, ma miracolosamente la calcolatrice si accese!

Provai subito a fare un calcolo semplice: 5 + 5. Come risultato venne fuori un 36 seguito da una serie di altri numeri a caso...

Avevo reso dislessica la calcolatrice. Una discalcolatrice. L'idea mi piacque, forse sorrisi tra me e me, ma poi cominciai a preoccuparmi di quello che avrei detto alla prof. Non potevo certo dirle che la sua preziosa, costosa e ipertecnologica calcolatrice mi era finita nel water e che ci avevo fatto la pipì sopra! Da sotterrarsi per la vergogna. Rabbrividii al solo pensiero.

No, dovevo inventarmi una storia convincente.

Dieci minuti dopo entrai in classe senza averne trovata una, e come se niente fosse mi sedetti al mio posto e infilai la discalcolatrice nello zaino.

«Allora, ragazzi, proviamo a fare tutti assieme questa equazione», disse il professore di matematica iniziando a scrivere alla lavagna.

La mia insegnante di sostegno notò che contrariamente al solito non avevo tirato fuori la calcolatrice, così mi sussurrò: «Usa la calcolatrice».

Io risposi di voler provare senza, ma la mia espressione mi tradì. Lei storse il naso, frugò nel mio zaino e tirò fuori la discalcolatrice. L'accese e notò subito che c'era qualcosa di strano.

«Che è successo?» mi domandò.

Non risposi. Continuai a copiare l'equazione dalla lavagna.

«Ma cosa le hai fatto?» proseguì lei.

Decisi di restare sul vago. «Mi è caduta...» risposi.

Per mettere a tacere i miei sensi di colpa, pochi giorni dopo le comprai una nuova calcolatrice.

5
Scuola nuova, teatro nuovo

LE medie scivolarono via senza lasciare troppe tracce.

Al contrario, l'impatto con le superiori mi proiettò in un mondo che sentii nuovo fin dal principio.

Il primo giorno di liceo lo ricordo come fosse ieri, anche a causa dell'architettura dell'edificio, un ammasso imponente di cemento e metallo, con un soffitto altissimo e dei veri e propri ponti che collegavano i vari dipartimenti. Quando entrai, mi sentii piccolo.

Gli studenti più grandi erano affacciati alle passatoie e dall'alto ci guardavano con quella curiosità tipica di chi vuole farsi subito un'idea. Quelli che l'anno prima erano stati i «primini», adesso non lo erano più.

Gli occhi erano puntati su di noi, freschi di scuole medie.

Dopo aver preso le misure verticali della scuola, iniziai a guardarmi intorno. Le pareti erano tappezzate di drappi, ognuno del colore di un dipartimento. Per terra erano incollate frecce direzionali, anche loro colorate. Più che in una scuola sembrava di essere all'aeroporto.

Dopo essermi ambientato, cercai le indicazioni per le sezioni prime e le seguii. Alla fine di una serie di corridoi lunghissimi, porte e scale trovai la mia classe.

Benvenuto, mi dissi. In fin dei conti tutto quello mi piaceva. Un mondo nuovo.

Però iniziò male. In classe avevo tre bulletti, due fratelli e un loro «socio». Non so perché, ma presero subito di mira me e altri miei compagni. Fortunatamente le loro vessazioni non si spinsero mai oltre il livello verbale, ma chi fa teatro o scrive sa bene che le parole possono essere più affilate di una lama.

Le prese in giro toccavano principalmente due aspetti della mia vita che ritenevo molto importanti: il teatro, appunto, e la dislessia. Da una parte, il mio essere attore risultava ai loro occhi incomprensibile, se non addirittura ridicolo; dall'altra, vista la quasi costante presenza al mio fianco dell'insegnante di sostegno, per loro ero un «mongoloide».

«Riva il mongolo!» ripetevano, e giù grasse risate.

Spesso mi sentivo nudo davanti a tutto ciò. L'inizio fu davvero pesante. A differenza di altri però io reagii fin da subito, ma sempre a parole: non sono mai stato un tipo manesco né sarei stato in grado di fare a botte da solo contro tre.

Da un punto di vista didattico, invece, mi scattò dentro qualcosa, soprattutto in matematica, materia in cui dopo le elementari e le medie la mia conoscenza era di fatto pari a zero. Il professore era una sorta di maestra Diana in versione liceale e maschile. Una vera liberazione.

Quando entrò in classe la prima volta, disse: «Va bene, azzeriamo tutto e ricominciamo da capo», e poi, oltre a spiegare il meccanismo delle operazioni, che per me si rivelò fondamentale, usò un'immagine che me ne fece capire finalmente, e definitivamente, il funzionamento: «Immaginate un macchinario. In-

55

seriteci da una parte un 5, da un'altra parte un altro 5, e poi azionatela. Da sotto vi uscirà un 10».

Rimasi estasiato. Grazie a quell'esempio al limite dell'infantile, compresi davvero. La logica di cui avevo bisogno per capire le cose diventò chiara e trasparente. La matematica altro non era che un macchinario che macinava unità e sputava un risultato.

Da quel giorno smisi di avere paura dei numeri. Il mostro dalle molteplici teste assunse una forma nuova e meno demoniaca. Iniziai a imparare.

Successe qualcosa di straordinario anche con le lingue. Se per me – disortografico e disgrafico – la grammatica italiana era l'altra grande incognita, come avrei fatto a capire e ad applicare le regole di una o più lingue straniere?

Questa domanda, insieme alla convinzione che non ce l'avrei fatta, aveva spinto un po' tutti a sconsigliarmi di fare il liceo linguistico. In effetti quella di orientare i miei studi superiori verso altri indirizzi sarebbe stata una scelta per lo meno oculata. Ma io sono sempre stato piuttosto testardo…

Eppure con le lingue mi successe un altro «miracolo», soprattutto col tedesco. Per quasi tutti è una lingua ostica, spigolosa, disarmonica, mentre a me il suo suono è sempre piaciuto. Ecco perché, incurante delle difficoltà, decisi di studiarla.

Paradossalmente, e con mia grande sorpresa, mi trovai a impararlo prima dell'inglese. I tedeschi, da bravi precisini quali sono, non potevano che avere una lingua ben definita. Scoprii ben presto che il tedesco ha regole chiare, determinate, schematiche, e salvo rarissime eccezioni fonetiche la norma grammaticale è quella, non si può scappare.

In inglese al contrario ci sono numerose eccezioni: basti pensare ai verbi composti. Ci misi un po' di più a entrare nel meccanismo.

La mia soddisfazione mentre imparavo il tedesco raggiunse l'apice durante una delle prime interrogazioni: la professoressa, che sapevamo – per sua stessa ammissione – essere piuttosto severa in fatto di voti, esordì chiedendomi di spiegarle come mi sarei presentato a una persona che avessi incontrato per strada.

Il giorno prima avevo studiato la lista di vocaboli che ci aveva assegnato, e la mia attenzione era stata catturata – chissà per quale motivo – dalla frase «Darf ich mich vorstellen?» che letteralmente significa «Mi permetti di presentarmi?» Feci giusto in tempo a immaginare nella mia testa due tedeschi che si stringono la mano, e senza esitazione ripetei la formula: «Darf ich mich vorstellen?»

Non era un'espressione semplicissima, soprattutto per un neofita, eppure la pronunciai con una tale sicurezza e immediatezza che l'insegnante ne fu colpita.

Mi mandò a posto con 8: un voto altissimo per i suoi standard.

Decisi su due piedi che quell'estate sarei andato in Germania a perfezionare il tedesco.

6
Wilkommen in Deutschland

DA piccolo – precisamente nell'estate del 1994 – ebbi per un breve periodo una tata tedesca. Stava in casa nostra come ragazza alla pari. Si chiamava Christine, ma io la chiamavo Tintin, come il protagonista del famoso fumetto.

Tintin ci era davvero molto affezionata, e io e i miei fratelli lo eravamo a lei. Era una persona dolcissima, molto intelligente, e aveva deciso di trascorrere un periodo in Italia per imparare la lingua. Certe volte riusciva perfino a battere i miei genitori a Scarabeo e Trivial Pursuit.

A ogni modo, durante l'estate del 2009 andai a

trovarla in Germania, a Dachau, dove viveva con la sua famiglia, intenzionato a immergermi totalmente nella lingua tedesca.

Finita la scuola presi il primo volo per Monaco.

Tintin, suo marito Per ed Emma – la loro bambina di cinque anni – mi accolsero calorosamente. Rimasi sorpreso dalle notevoli differenze tra la Germania e l'Italia; lì era tutto così preciso, ordinato, chiaro. Impiegai due settimane per abituarmi al loro stile di vita. Anche solo attraversare la strada era diverso.

Dachau è una ridente e verdissima cittadina poco fuori Monaco, graziosa e al tempo stesso inquietante per la presenza dell'ex campo di sterminio nazista.

Pochi giorni dopo il mio arrivo iniziai a frequentare come uditore il Josef Effner Gymnasium, l'equivalente di un ginnasio italiano.

Il primo giorno di scuola ero agitatissimo. Capivo a malapena qualche frase sparsa, e avrei dovuto affrontare una nuova, intera classe di ragazzi tedeschi, che chissà come avrebbero reagito alla presenza di un italiano...

Per fortuna da mesi Tintin faceva da garante per la mia posizione di uditore presso il liceo tedesco; in più aveva parlato al corpo docenti della mia dislessia.

Quando arrivai fui accolto da grida e schiamazzi. Non capii subito. Il tempo di mettere a fuoco l'ambiente e realizzai di trovarmi nel bel mezzo di una battaglia a colpi di Super Liquidator: erano i ragazzi dell'ultimo anno, che avevano appena terminato gli esami della cosiddetta «abitur» (l'equivalente della nostra maturità) e stavano festeggiando la fine delle superiori. Era una festa genuina e spensierata, la fine di un'esperienza formativa verso cui provavano sincera gratitudine, e questo si percepiva nell'aria (oltre ad averne avuto conferma in un secondo momento, parlando con un paio di loro). Consideravano la scuola un luogo di reale appartenenza, del quale erano membri attivi.

Quello fu il benvenuto che mi diede il Josef Effner Gymnasium di Dachau.

Feci presto amicizia con tanti altri compagni e compagne, ogni giorno imparavo sempre di più e familiarizzavo con la lingua. Appuntavo ogni parola nuova su un taccuino che portavo sempre con me, e la sera nel mio letto la memorizzavo.

A casa facevo spesso da baby sitter a Emma. Con lei non esistevano trattative, nessuna via di scampo: o capivo o capivo, perché mentre giocavamo a lei, con la sua purezza di bambina, semplicemente non interessava che io fossi italiano.

Giocare, la parola magica.

Con Emma tornai bambino anch'io. Andai con la mente a quando alle elementari facevo il gioco dell'aereo in classe. Chi l'avrebbe mai detto che un giorno avrei tentato di insegnare i miei giochi strani anche a una bambina tedesca?

Soprattutto, giocando imparavo la lingua. In un certo senso Emma è stata un'insegnante di tedesco perfetta, oltre che una splendida compagna di giochi. Era come se i ruoli si fossero invertiti col passaggio alla generazione successiva: Tintin era stata la mia baby sitter, e io adesso ero il baby sitter di sua figlia.

Nel giro di un mese avevo perfezionato la pronuncia di moltissimi vocaboli e sapevo già imitare l'insegnante di tedesco della mia classe, che in aggiunta parlava bavarese. Dopo un mese e mezzo cominciai a pensare e a sognare in tedesco.

Un pomeriggio decisi di andare a fare un giro a

Monaco, e un edicolante mi fece perfino i complimenti perché mi aveva scambiato per un tedesco.

Quando alla fine dell'estate arrivò il momento di tornare in Italia, mi dispiacque davvero molto: Tintin, Per ed Emma mi sarebbero mancati. Tra di noi si era creato un legame speciale.

Me ne andai carico di felicità e soddisfazione.

7
Scacciafantasmi

Dopo l'estate in Germania tornai dietro i banchi di scuola pieno di grinta, desideroso di dare continuità a un percorso scolastico che aveva preso una piega decisamente positiva. Iniziai a studiare fin da settembre, senza lasciare indietro niente. E questa fu la mia salvezza durante una noiosissima ora di storia.

La storia – una materia fatta soprattutto di studio puro e semplice – andava memorizzata. Leggere e ripetere, leggere e ripetere. Purtroppo erano finiti i tempi della messa in scena dei fatti del passato, come avevo fatto alle elementari con la maestra Diana. Comunque riuscii ad avere buoni risultati anche lì, e a «sopravvivere» perfino a un'interrogazione a sorpresa a cui fui costretto dopo l'ennesimo richiamo del professore; stavo parlando col mio compagno di banco per combattere l'annichilimento che mi aveva provocato quella lezione.

«Basta, Riva! Vieni qua! Ti interrogo, visto che hai tanta voglia di parlare...»

Volevo sprofondare. Scappare. Gridare.

Annuii e senza fiatare mi trascinai al patibolo.

«Bene», disse il professore una volta che fui alla cattedra, «parliamo di Napoleone e dei movimenti post rivoluzionari. Argomenta a piacere.»

Lì per lì presi tempo, tergiversai. Non mi interrogavano a sorpresa da anni. Anzi, forse era la prima volta. Poi, piano piano, cominciai a mettere a fuoco Napoleone Bonaparte. Fui trascinato da un flusso di pensieri: l'immagine del cavallo impennato sul lato sinistro della pagina del capitolo centrale del libro; la cartina della Francia; un quadro della presa della Bastiglia; il 1789, come il muro di Berlino ma nel Settecento; e così via. Insomma, tramite le illustrazioni del libro e alcune mie conoscenze personali stavo riuscendo a orientarmi. Le parole mi uscivano di bocca con fluidità, come un torrente che si libera dai ghiacci dell'inverno. Sfruttando le immagini che avevo in testa riuscivo a mantenere il filo logico del discorso senza perdermi.

Mi vennero in soccorso persino le lezioni delle elementari e la vecchia (si fa per dire) maestra Diana con il suo teatrino: avevamo visto assieme a lei come Napoleone fosse stato sconfitto dalla sua sete di conquista e dal gelo. Una volta avevamo perfino inscenato il modo in cui aveva tentato di invadere la Russia.

Insomma, stavo applicando lo strumento compensativo delle mappe concettuali mentali: visualizzavo eventi e concetti in forma di immagini e sensazioni, così da creare un piccolo schema logico su cui basare il discorso senza perdermi in arzigogoli. Ci sono anche dei programmi informatici creati apposta per studiare in questo modo, come Super Mappe o Balabolca, quest'ultimo per la sintesi vocale.

Dopo circa dieci minuti il professore mi fermò. «Basta così, Riva. Mio malgrado ti meriti un 7. Ti è andata di lusso.»

I miei problemi di un tempo sembravano un ricordo quasi sbiadito.

Tuttavia, il fantasma della matematica tornò a materializzarsi il quarto anno, quando il mio adorato professore fu trasferito in un'altra scuola. Al suo posto arrivò un'insegnante che era l'esatto opposto: di mentalità molto chiusa e con un carattere diciamo difficile. Sembrava Dolores Humbridge, la perfida insegnante di Harry Potter.

In breve tempo riuscì ad attirarsi l'inimicizia di quasi tutto il corpo docenti e di buona parte degli alunni. Me compreso, naturalmente.

Il suo rigore inflessibile si scontrò ben presto con le mie esigenze. Quando le fu spiegata la mia situazione, quindi le mie necessità di utilizzare strumenti che agli altri studenti non erano concessi (calcolatrice, formulario e, all'occorrenza, la lettura da parte dell'insegnante di ciò che bisognava fare), lei fu moderatamente riluttante. Tuttavia acconsentì a quasi tutti i miei diritti – perché di questo si trattava: di diritti –, tranne a quello di poter avere accesso al formulario che tenevo con me durante le verifiche.

Al primo compito in classe, infatti, disse: «Caro, non posso lasciarti le formule, mancherei di rispetto ai tuoi compagni che non ne hanno la possibilità».

Da notare: nessun mio compagno aveva mai protestato per il fatto che avessi qualche agevolazione.

Dopo avere udito la sparata della nostra Dolores Humbridge, né io né la mia insegnante di sostegno credevamo alle nostre orecchie.

«Guardi che non mi serve per copiare. È solo per la memoria...» risposi.

L'8 ottobre 2010 era finalmente entrata in vigore la legge sui DSA, meglio nota come Legge 170, che il professor Giacomo Stella – uno dei maggiori esperti europei di dislessia – aveva definito entusiasticamente «l'unica vera riforma della scuola».

Al momento della sua entrata in vigore alcune insegnanti, soprattutto quelle più anziane, non la presero bene. La loro obiezione di solito era: ma come, insegno da trent'anni e improvvisamente non sono più capace?

Non sapevano, però, che il 20 per cento di coloro che abbandonavano il percorso di studi era (ed è ancora) dislessico, e non semplicemente (o comunque non sempre) svogliato. O peggio, un po' stupido.

La Legge 170 ha il grande merito di aver garantito a noi DSA l'uso di strumenti compensativi come gli appunti e le mappe concettuali (ne ho già parlato prima), la possibilità di registrare le lezioni, l'ausilio di strumenti digitali, di sintesi vocale, della calcolatrice e molti altri.

Inoltre sono state introdotte misure di tipo dispensativo: solo per citarne alcune, la possibilità di programmare le interrogazioni e di fare verifiche orali e non scritte, concedere più tempo per svolgere alcune prove, la valutazione dei contenuti e non della forma espositiva, la dispensa dall'utilizzo del corsivo a vantaggio dello stampatello e così via.

Tutte queste misure, *epocali*, rientrano appieno nel rispetto costituzionale che prevede il diritto di ognuno di avere accesso all'istruzione, e di conseguenza di avere garantite uguali opportunità di sviluppo della persona, dal punto di vista umano e professionale.

La più grande conquista legata alla Legge 170 è però di tipo ideologico, ovvero l'assunzione di una consapevolezza: non tutti impariamo le stesse cose allo stesso modo. Se la dislessia non si può curare – perché, come già detto, non è una malattia – il supporto di strumenti come quelli sopracitati può aiutare (molto) a conviverci. Insomma, la legge mi dava completamente ragione.

La professoressa però non ne volle sapere, e da lì diventò una lotta quotidiana, anche perché quando intervennero a mia difesa la professoressa di sostegno, il corpo docenti e infine mia madre lei si accanì su di me in maniera ancora più impietosa. Ogni verifica di matematica tornò a essere un calvario, una lotta fra me e lei, tra il suo mondo e il mio.

Ma non mi arresi. Stavolta ero determinato. Quell'anno, cascasse il mondo, non avrei preso il debito in matematica.

Era una questione di principio: perdere avrebbe significato permettere al sistema di piegare i miei diritti a uso e consumo di una professoressa che non li capiva.

Vinsi io. Passai in quinta senza debito.

Fu un sollievo enorme.

L'estate di quell'anno si portò via definitivamente il fantasma della matematica.

8

Tu vuo' fa' l'americano

ALLA fine dell'anno mi capitò un'altra occasione imperdibile. Per aiutarmi con l'inglese i miei genitori mi spedirono tre mesi a Davis, in California, dove vivevano due miei zii.

Partii subito dopo la fine delle lezioni insieme a mia cugina: Malpensa, check-in, primo volo per San Francisco. I miei zii abitavano in un ranch.

A diciassette anni, dall'altra parte del mondo, mi trovai a vivere in uno di quei luoghi che si vedono solo nei film: cavalli, staccionate, fienili. Grazie al cinema era come se conoscessi già quel mondo, pur non avendoci mai vissuto.

Per tre mesi feci una vera e propria vita da cowboy. Imparai ad andare a cavallo, a prendermi cura delle stalle e degli animali, a sparare col fucile e tantissimo altro. Al mattino frequentavo una scuola d'inglese, al pomeriggio lavoravo al ranch.

Durante i fine settimana i miei zii portavano me e mia cugina a fare delle gite fantastiche. Visitammo i grandi parchi (Sequoia e Yosemite), il lago Tahoe (un lago enorme circondato da montagne al confine tra la California e il Nevada), gli altri laghi del nord e le *hot springs,* ovvero le sorgenti termali. Ovviamente andammo anche a San Francisco, una città bella, elegante e vivacissima, piena di umanità di ogni tipo. Mi colpì subito, soprattutto per il suo meraviglioso connubio tra colline e oceano, con il Golden Gate a fare da porta sul Pacifico.

Il mio orecchio mi permise di fare grande tesoro di quei tre mesi californiani. Un po' come mi era successo con l'estate in Germania, passai da un penoso «Hi, how are you?» a frasi decisamente più articolate.

Un pomeriggio mia zia mi fece una lezione di botanica durante una passeggiata a cavallo per i boschi del ranch. A mano a mano che incontravamo una pianta o un fiore diversi me li descriveva, a partire dal nome, spiegandomi dettagli e caratteristiche. A fine giornata avevo memorizzato il nome inglese di ogni singola pianta.

Confucio diceva: «Dimmi e dimenticherò, mostrami e ricorderò, coinvolgimi e imparerò». Ecco, lì mi sono reso conto di quanta verità ci fosse in quella frase. Mia zia, che non credo abbia mai letto Confucio, coinvolgendomi in ogni cosa mi ricordò molto la maestra Diana: imparai tantissime cose che mai e poi mai avrei appreso sui libri.

E poi mi divertivo un mondo. Riuscii ad ampliare il mio bagaglio esperienziale e conoscitivo anche grazie ad alcune disavventure. Non dimenticherò mai, per esempio, il torrido pomeriggio in cui decisi di partire dal ranch a cavallo per fare una passeggiata nei boschi seguito dagli otto golden retriever di mia zia.

Dopo circa venti minuti di sentiero, a un tratto mi accorsi che i cani non c'erano più. Immaginai che fossero tornati alla fattoria, quindi proseguii assieme a Too Tall, il mio cavallo. Quando il sentiero si strinse,

81

però, Too Tall si innervosì improvvisamente. Iniziò a fare le bizze e per poco non mi disarcionò.

Dopo essere riuscito a calmarlo mi sporsi a controllare e... lo vidi: un serpente a sonagli, strisciante, minaccioso, con la lingua di fuori.

La mia schiena fu percorsa da un brivido di terrore. Rimasi paralizzato qualche secondo.

Diedi un colpetto di staffe e il mio cavallo si lanciò al galoppo, come se non aspettasse che quel segnale per liberare tutta la sua potenza e allontanarsi da lì.

Una volta tornato al ranch, e dopo aver raccontato cos'era successo, mio zio Tim mi fece una di quelle lavate di capo che lasciano il segno per sempre. Disse che non conoscevo né la zona né l'ambiente («Con questo caldo i serpenti saltano fuori da ogni angolo!»), che non avrei più dovuto allontanarmi senza permesso e soprattutto da solo.

Subii la ramanzina senza fiatare, con la testa bassa. Imparai la lezione.

Qualche giorno dopo – era una mattina fresca e soleggiata, come quasi ogni giorno al ranch – mio zio Tim entrò dalla porta d'ingresso tenendo in braccio, con dei guanti, un animale che poteva avere le dimensioni di un cane di taglia piccola. All'inizio non riuscii a capire di cosa si trattasse, poi lo guardai meglio e fu una sorpresa: era un cucciolo di daino che somigliava in tutto e per tutto a Bambi. Era rimasto tutta la notte sotto una delle macchine dei miei zii, la mamma doveva averlo perso, e uno dei cani del ranch l'aveva accudito e protetto per ore. Quella mattina mio zio l'aveva trovato e raccolto.

A fine giornata lo lasciammo vicino al bosco, sperando nell'arrivo della madre. Nonostante i pianti del cucciolo, però, nessuno tornò a prenderlo. Fummo quindi costretti a tenerlo con noi, ma non fu certo una decisione sofferta. Decidemmo di chiamarlo Piccola, dal momento che era una femmina.

Iniziammo a occuparci di Piccola con grande amore: bisognava allattarla col biberon e farle bere latte di capra, pulirla quando sporcava e, giustamente, farle le coccole.

In pochissimi giorni Piccola divenne parte integrante della famiglia. Cresceva a vista d'occhio, e ogni giorno eravamo sempre più consapevoli che prima o poi avremmo dovuto lasciarla andare, così da permetterle di tornare nel suo habitat naturale.

In men che non si dica l'estate giunse al termine. Una mattina aprii gli occhi e puff, agosto era finito. Quei tre mesi erano volati.

Tornai in Italia a malincuore.

9

«È finita» si dice
solo alla fine

Gʟɪ anni delle superiori furono importanti a livello personale oltre che didattico. In questo periodo, anche e soprattutto per cercare la forza necessaria a superare le vessazioni dei tre bulli, iniziai a praticare con una certa regolarità il buddismo di Nichiren Daishonin.

La mia famiglia è buddista da sempre, ma fino a quel momento la mia conoscenza in materia era stata abbastanza superficiale. Visto però che le cose continuavano ad andare male, finii anch'io per aggrapparmi alla fede.

In questo senso si rivelò decisivo l'intervento di mia madre. Un giorno, semplicemente, mi prese da parte e mi disse: «Checco, hai mai pensato che potresti pregare per la loro felicità oltre che per la tua?»

Non capii. La guardai in modo strano.

«È vero», continuò lei, «non sono tuoi amici. Ma sai, la vita non ci propone mai delle sfide che non possiamo affrontare. Prendila come un'occasione per rafforzarti e creare valore anche da qualcosa di negativo.»

Le parole di mia madre mi stordirono per un attimo, ma poi, riflettendoci, capii che avevano senso. Perciò, per quanto potesse sembrare assurdo, la mia pratica buddista iniziò in funzione della felicità dei tre che avevano deciso di complicarmi la vita. Se è vero infatti che chiunque di noi possiede una parte illuminata, be'... dovevano averla anche loro! Il mio lavoro consisteva nell'aiutarli a tirarla fuori, o quantomeno a riconoscerla in loro così come la riconoscevo in me.

Già alla fine del primo anno le cose erano migliorate molto, ma non al punto da farmi sentire che avevo vinto. L'abbraccio al buddismo, comunque, è stata una delle cose migliori che abbia mai fatto per me stesso.

E il teatro? Naturalmente continuava a essere parte integrante della mia vita, non ero assolutamente intenzionato ad abbandonarlo. Frequentavo il corso organizzato dalla scuola: le lezioni si tenevano in un'aula apposita due pomeriggi a settimana.

Lo confesso, inizialmente ero titubante. Quando decisi di farne parte, infatti, non nutrivo grosse aspettative da un corso di teatro scolastico. Mi sembrava una di quelle cose fatte dall'amministrazione tanto per riempire la voce «Attività extracurricolari», qualcosa per farsi belli e per prendere punti. Per innalzare il buon nome dell'istituto.

Mi sbagliavo di grosso. Il corso era ottimo e l'insegnante decisamente bravo. Frequentai quella che diventò una vera e propria compagnia per tutti e cinque gli anni delle superiori.

Il teatro mi permise anche di farmi un nome all'interno della scuola. Più andavo avanti, più per i corridoi ero conosciuto come quello che fa teatro. Un po' come nel film *Chiedimi se sono felice* di Aldo, Giovanni e Giacomo: verso la fine Aldo ritorna al suo paese natio, in Sicilia, e per tutti diventa «Pirandello», tanto che quando Giovanni e Giacomo vanno a trovarlo senza preavviso e, per trovare la casa, sono costretti a chiedere in giro di «Aldo, quello di Milano», la gente del posto gli risponde: «Ma chi, Pirandello?»

Ecco, per me è stata più o meno la stessa cosa. «Riva chi? L'attore?»

Per non parlare delle mie imitazioni dei professori: leggendarie, anche tra gli stessi docenti. Una volta l'insegnante di inglese mi prelevò dalla classe durante una lezione di tedesco e mi portò in una quarta. Poi, davanti a tutta la classe, mi disse: «Coraggio, fagli vedere come mi imiti».

La risata era già sulle bocche di tutti, pronta a esplodere. Mi sentivo a disagio, ma ormai non potevo tirarmi indietro. Decisi per il male minore: partii con l'imitazione, ma mitigando un po' la mia interpretazione. Alla fine risero tutti, professoressa compresa.

Durante gli anni del liceo fu proprio grazie al teatro, mio fedele e inseparabile compagno di vita, che un giorno riuscii finalmente a prendermi la mia rivincita nei confronti dei bulli. L'occasione fu uno spettacolo di fine anno, per il quale mettemmo in scena *Diario di carta*, tratto da *1984* di George Orwell.

Io e il resto della compagnia ci impegnammo a

fondo, tutti i pomeriggi, senza sosta, per settimane. Preparammo tutto alla perfezione.

Il giorno della rappresentazione i tre bulletti erano in prima fila, con la battuta pronta, decisi a farmi pagare l'ennesimo conto non mio.

Stare sul palco, però, aveva su di me un effetto benefico, quasi terapeutico. In teatro ero me stesso, lontano dal mondo, lontano da tutti. Prima ancora di iniziare mi ero già dimenticato di loro.

Lo spettacolo fu un successo. Tutta la scuola ci applaudì per diversi minuti, qualcuno si alzò anche in piedi. E io, che avevo dato l'anima, fui acclamato davanti a quei tre. Se loro mi tiravano pietre, il resto del (mio) mondo mi lanciava fiori.

Da quel momento finalmente smisero di vedermi come uno sfigato. Il giorno dopo, in classe, vennero addirittura a farmi i complimenti, anche se a modo loro. «Oh, ma sei bbbravo, zio», abbozzò uno dei tre, con la sua parlata da tamarro. Da lì le prese in giro, le prepotenze e i soprusi iniziarono poco a poco a scemare, fino a scomparire del tutto. Ancora una volta il teatro mi aveva salvato.

In quegli anni, con quella stessa compagnia, vincemmo due rassegne teatrali internazionali. Finimmo perfino sul giornale.

Un altro fattore di integrazione e supporto molto importante, per me e per gli altri dislessici della scuola, fu la creazione del gruppo di sostegno per dislessici: il gruppo DSA. In pratica era un ritrovo dove riuscivamo a parlare dei nostri problemi, ci ascoltavamo e ci aiutavamo.

Eravamo una decina. Scherzando, lo definivamo una sorta di alcolisti anonimi per dislessici. «Ciao, mi chiamo Francesco e sono due giorni che non sbaglio una tabellina.»

Era un bel gruppo, coordinato da due professori. Ci trovavamo dopo la scuola in un'aula vuota.

Anche in questo caso, però, non tutti all'interno della scuola capivano bene cosa stessimo facendo. Un giorno, durante la riunione, una delle bidelle entrò in classe intenzionata a pulire. Vedendoci si fermò, visibilmente perplessa. Poi si illuminò e disse: «Ma che so', i ritardati? Vabbè, quando avete finito sistemate».

E se ne andò. Fu tutto così veloce, fulmineo e assurdo che non potemmo fare altro che guardarci l'un l'altro e scoppiare a ridere.

Terminai le superiori nello stesso modo in cui le avevo vissute: recitando. All'esame di maturità, infatti, portai una tesina sul metateatro. Dopo avere esposto il mio lavoro, interpretai davanti alla commissione un pezzo dei *Sei personaggi in cerca d'autore* di Pirandello. Mi sembrò il giusto e inevitabile tributo a quelli che, tra mille difficoltà, erano stati cinque anni molto importanti della mia vita.

10

Quel gran dislessico di Leonardo

ALCUNI fra i più importanti personaggi della storia – gente con una marcia in più che ha cambiato il corso degli eventi e indirizzato il futuro dell'umanità – erano dislessici.

Non penso che quel *quid* in più derivasse dall'essere dislessici, ma sicuramente ha permesso loro di vedere il mondo con occhi diversi, di sviluppare qualità non comuni. Erano persone che dovevano spesso ricorrere all'intuito e all'immaginazione, esplorando strade mai battute prima e trovando nuove risorse dentro di sé.

Uno dei miei dislessici «preferiti» è stato fin da subito Leonardo da Vinci. Leonardo, si sa, era un uomo d'ingegno e di talento universali: scienziato, anatomista, pittore, scultore, architetto, ingegnere. Una persona che non si è mai risparmiata. Si dice che sfruttasse il cosiddetto «sonno polifasico», ovvero che facesse frequenti sonnellini diurni per poter recuperare preziose ore di veglia. Leonardo era un uomo che non smetteva mai di sognare, di migliorarsi; per lui dormire era solo una perdita di tempo.

La dislessia è certamente un impedimento, ma se si riescono a trovare il modo e i mezzi per seguire la propria strada, si può trasformare in un talento, come hanno dimostrato molte persone straordinarie.

Se Leonardo rappresenta un esempio inarrivabile del passato, un passato illustre che ho fatto mio, nel presente non mancano personalità che possono essere fonte di ispirazione. Una di queste è Mika, noto cantante e personaggio televisivo, un artista istrionico con un talento formidabile. Il fatto che anche una persona benvoluta e celebrata come lui sia dislessica è emblematico: ci fa capire una volta di più come questa condizione possa diventare da handicap a motore in grado di alimentare i propri sogni.

Anche Mika da piccolo ha dovuto scontrarsi spesso

con la rigidità di insegnanti che non volevano capire e riconoscere il suo problema, e anche lui aveva in sua madre una delle poche persone in grado di comprenderlo.

In più di un'intervista ha dichiarato di non sapere leggere la musica, di averla imparata a orecchio e di essere riuscito a interpretarla grazie a metodi alternativi che lui stesso si è inventato. Tutto questo non gli ha impedito di diventare un artista di successo. La dislessia non gli ha precluso nemmeno il poliglottismo: Mika infatti parla fluentemente libanese, inglese, francese, spagnolo, arabo e italiano.

È interessante notare come tra persone dislessiche siano frequenti una spiccata sensibilità per un pensiero alternativo, una visione del mondo diversa e una grande intelligenza. Forse perché per compensare le loro mancanze i dislessici utilizzano molto più delle persone «normali» l'emisfero destro del cervello, a- dibito alle funzioni visuo-spaziali, immaginative, musicali e al pensiero intuitivo-sintetico.

Come diceva Einstein, siamo tutti dei geni... Leonardo eccelleva in numerosissime arti, e Mika è un musicista eccentrico ed eccezionale.

Finite le superiori mi trovai spesso a ripensare alla mia esperienza come DSA. A diciannove anni avevo finalmente imparato a conoscere e a gestire meglio tutti i miei limiti; di conseguenza, sapevo anche cosa fare per superarli.

Era arrivato il momento di tuffarmi nel mondo.

E lo avrei fatto, nel mio piccolo, alla maniera dei grandi.

11

Il salto nel buio

DOPO ogni fine c'è un inizio. È inevitabile.

Il problema, però, è che tra fine e inizio c'è un tempo di riflessione, un cuscinetto che serve a metabolizzare quanto si è fatto fino a quel momento e a trovare il modo di applicarlo a ciò che si andrà a fare.

Nel mio caso, la fine delle superiori mi mise davanti due possibilità: la prima, più tranquilla, consisteva nel proseguire gli studi in lingue per intraprendere un domani la professione di interprete – o così almeno la vedevo; la seconda, al contrario, prevedeva di iniziare a fare sul serio quello che ero maggiormente portato a fare: il teatro.

Il momento dell'incertezza durò poco. La scelta cadde quasi subito sull'accademia teatrale. Sarei diventato un attore professionista.

A Milano c'erano molte scuole valide, ma la mia attenzione si concentrò sostanzialmente su due: la Paolo Grassi e quella del Piccolo Teatro. La terza opzione era la European Union Academy of Theatre and Cinema (EUTHECA) di Roma, che rispetto alle prime due era un'accademia europea e, in quanto tale, aveva dei corsi in inglese. Inoltre rilasciava il Bachelor of Arts, un vero e proprio titolo accademico. Una laurea europea, insomma, spendibile anche all'estero. A ogni modo, anche per non spostarmi da Milano con troppa leggerezza, tentai dapprima di entrare alla Paolo Grassi.

Purtroppo andò male. Feci i provini ma non li superai.

Fu una delusione enorme. Ero bravo e lo sapevo, quindi accettare la sconfitta fu difficile. Inizialmente faticai a capire se e cosa avessi sbagliato; avevo messo in scena quello che mi avevano chiesto, avevo rispettato le consegne e mi ero esibito in maniera convincente e articolata. Capii solo successivamente che il problema, forse, era la mia impostazione, già troppo

definita, mentre alla Paolo Grassi – da quanto mi a-
vevano detto – preferivano gente che avesse sì un
grande talento, ma che fosse ancora grezzo, così da
poterlo plasmare secondo i loro criteri.

Una scelta didattica del tutto rispettabile, ma che
mi causò una certa sofferenza. Per la prima volta il
palco mi aveva «tradito».

Decisi così di non tentare nemmeno di entrare
all'accademia del Piccolo Teatro, e provai direttamente
con l'Eutheca di Roma.

Il giorno del provino ero agitato: attorno a me c'erano
tantissimi altri attori, ognuno col proprio bagaglio di
speranze, sogni e delusioni pregresse. C'era un'atmosfera
molto simile a quella che avevo respirato alla Paolo
Grassi, ma forse per l'esperienza del viaggio da Milano
a Roma – che comunque aveva il suo fascino –, forse
per il fatto che eravamo dentro Cinecittà... era tutto
molto amplificato.

L'attesa del mio turno fu snervante.

Duecento persone con un sogno comune, quaranta
posti: venti uomini e venti donne. Un sogno che,
qualora si fosse realizzato per me, avrebbe comportato
una cocente delusione per un altro aspirante attore.

Mi sembrava che in tutto questo ci fosse qualcosa di perverso.

Quando sentii chiamare: «Riva. Francesco Riva», mi alzai dall'angolino in cui mi ero rintanato, feci un grosso respiro e mi buttai quasi senza pensare. Mi ero esercitato così tanto che la mia unica preoccupazione era legata esclusivamente al controllo delle emozioni. Il pezzo, che poi era lo stesso con cui avevo tentato alla Paolo Grassi, ormai era dentro di me. Mi dava sicurezza.

Salutai i professori, aspettai il loro via e iniziai.

Diedi il massimo.

Uno, due, tre provini: tutti superati. Ero dentro. Un sogno che prendeva forma.

Lo seppi via mail qualche settimana dopo, durante un pomeriggio uggioso trascorso a guardare film in camera mia ad Arese. Appena lessi la mail feci i salti mortali, impazzii di gioia, corsi per tutta la casa e nel cortile.

«Sono dentro! Sono dentro!» urlai a ripetizione, fino quasi a strapparmi le corde vocali. Sarei diventato un grande attore!

Quando diversi minuti dopo mi calmai, mi resi

conto di un'altra cosa: da lì a pochi giorni mi sarei dovuto trasferire a Roma. Avrei lasciato la famiglia per tre anni e avrei inseguito il sogno che a tanti altri era stato negato.

Per un attimo mi sentii smarrito.

Non sapevo nemmeno da che parte iniziare.

Avevo appena diciannove anni e stavo già lasciando il nido. Dentro di me si accavallarono emozioni contrastanti, comunque forti. Mi sentii come risucchiato da un vortice.

Fortunatamente anche il mio amico Alessandro, conosciuto poco prima, era stato ammesso all'Eutheca, così affrontammo il «problema» principale – ovvero la casa – assieme.

Il tempo era davvero poco. All'inizio trovammo un piccolo appartamento nei pressi di Cinecittà, ma per dividere ulteriormente le spese decidemmo ben presto di coinvolgere altri due ragazzi che avevamo conosciuto all'accademia durante i provini. Così ci trasferimmo tutti e quattro in una seconda casa, un po' più grande.

A parte l'inizio della mia nuova vita a Roma, quel periodo fu cruciale anche da un punto di vista spirituale. Ormai praticavo il buddismo da diversi anni e con una certa dedizione, solo che la mia preghiera avveniva ancora con la faccia rivolta al muro.

Mi mancava qualcosa.

Quel qualcosa era il *gohonzon*.

Il termine «gohonzon» significa «oggetto di culto per l'osservazione della mente», ed è una pergamena fatta di carta di riso con inciso sopra un mandala scritto in cinese antico o sanscrito. Per i buddisti è un oggetto essenziale per la pratica.

Quando ci si inginocchia e si inizia la meditazione, lo si fa rivolti al proprio *gohonzon*, e si recita la frase sanscrita: «Nam myoho renge kyo», che si può riassumere in: «Dedico la mia vita alla mistica legge di causa ed effetto che regola l'universo».

Il *gohonzon* non simboleggia nessuna divinità e non ha niente di magico: rappresenta sia la vita stessa del Buddha originale sia quella di colui che sta praticando. È uno scritto fondamentale per i buddisti, ed è lo strumento che ci permette di far emergere l'infinito potenziale che è dentro ognuno di noi.

Finalmente mi sentivo pronto per riceverne uno anch'io. Fui convocato dal centro buddista di Corsico, in provincia di Milano, e al termine di una cerimonia sobria ma importante mi fu affidato il mio *gohonzon*.

Con mia grande sorpresa, la pergamena era la stessa che aveva avuto mio nonno. Fu un regalo di mia madre, che aveva parlato con i responsabili del centro e aveva fatto in modo di farmi avere proprio quella. Fu il coronamento eccezionale di una filosofia che ormai avevo sposato in pieno. Un percorso di vita.

La prima cosa che feci quando arrivai a Roma, quindi, fu appendere in camera mia il *gohonzon* e ricavare uno spazio adatto che avrei dedicato alla pratica giornaliera.

Gohonzon e teatro: stavo prendendo il volo.

L'impatto con l'accademia fu entusiasmante. La scuola, che si trovava dentro Cinecittà, era circondata dai set di vecchi film. Ovunque mi voltassi vedevo residuati cinematografici e teatrali che avevano fatto la storia, dal set de *La dolce vita* di Fellini alla statua di *Ben Hur*, che si ergeva proprio nel cortile dell'accademia.

Per non parlare dei costumi di scena. Fernanda, la direttrice dell'accademia, ci mostrò quasi subito la sua stanza segreta, all'interno della quale erano custoditi centinaia di costumi, forse anche di più. Era una stanza enorme, con un soffitto alto quasi quattro metri, gremita in ogni suo angolo da costumi di ogni tipo, gusto ed epoca. C'erano perfino armature di latta.

Ed erano tutti suoi.

La prima cosa che ci disse, a proposito dei suoi costumi, fu: «Se gli succede qualcosa vi ammazzo».

Era la collezione di una vita. Il suo tesssoro.

Ero entusiasta anche dell'atmosfera che si respirava all'interno dell'accademia. Ovunque – in corridoio, in bagno, nel cortile – e in qualunque momento c'era qualcuno che provava, ballava, cantava, ripassava, da solo o in gruppo. Sembrava di stare in *Paso adelante*, una serie televisiva spagnola che guardavo da piccolo, ambientata nella più importante scuola di ballo e recitazione di Madrid.

Era tutto così meravigliosamente artistico. Per non parlare dell'ingresso della scuola... Era il foyer di un teatro, da cui si diramavano diversi corridoi che portavano ad altre sale. Chiamarle «aule» sarebbe inappropriato.

Come da tradizione dell'accademia, l'anno si aprì con la cerimonia delle candele. La cerimonia, a cui

Il salto nel buio

dovevano presenziare tutti gli studenti della scuola, consisteva nella consegna delle lauree agli studenti del terzo anno e nel successivo passaggio delle candele dagli allievi uscenti alle matricole (noi). Le candele simboleggiano Tersicore ed Euterpe, le divinità greche protettrici dell'arte.

Ci fu spiegato fin da subito che la cerimonia delle candele sarebbe stato un momento molto importante, in quanto – essendo l'Eutheca gemellata con l'equivalente università del Galles – avrebbero presenziato, come succedeva sempre, diverse personalità (vicecancelliere e alcuni supervisori) provenienti direttamente dalla University of Wales in rappresentanza di tutta la facoltà. Inoltre ci sarebbe stato anche un altro e non meglio specificato ospite illustre.

Una settimana prima dell'evento il rettore ci catechizzò per bene, raccomandandoci massima serietà, eleganza e puntualità, e ribadendo l'importanza istituzionale della cerimonia. «Ah, dovrete fare il coro di accompagnamento, quindi inizierete a esercitarvi subito», disse congedandosi.

Inutile dire che vivemmo nell'ansia per l'intera settimana che precedette l'evento. Seguiti dalla do-

111

cente di canto, provammo e riprovammo fino allo stremo tutti i cori che ci erano stati assegnati. Il giorno della cerimonia arrivò come una liberazione.

Quella mattina mi alzai di buon'ora per dire le mie preghiere e avere tutto il tempo necessario per prepararmi con calma. Una volta a scuola, noi matricole prendemmo posto sugli spalti del teatro assieme a quelli del secondo anno. Per l'occasione il palcoscenico era stato addobbato con un tavolo coperto da tovaglie color porpora con sopra diverse candele e un cesto di vimini ricolmo di pergamene: i diplomi. Un altro cesto conteneva dei cordini dorati. Alla destra del tavolo c'era un pulpito dal quale avrebbero parlato le varie autorità e in alto, a dominare il palco, uno schermo su cui veniva proiettato il simbolo dell'accademia.

Poco dopo entrò il pubblico, composto principalmente da genitori e amici dei laureandi, e dopo altri dieci minuti sentimmo una cornamusa squarciare il brusio che si era creato nell'attesa.

Tornò il silenzio. Un addetto distribuì una candela a ognuno di noi.

All'improvviso si aprì la porta principale del teatro. Entrò la nostra direttrice accademica, seguita dal corpo

Il salto nel buio

docenti e dai laureandi: questi ultimi indossavano la toga nera e avevano in testa il tocco. Anche i docenti indossavano la toga istituzionale, che però a differenza di quella degli studenti era color porpora.

Quando tutti ebbero preso posto, comparve il cornamusaro. Avanzò con passo militare fino al centro del palco, si girò verso il pubblico come a salutare e fece dietrofront, fino a scomparire assieme alla sua musica in una lentissima dissolvenza.

Mentre assistevo a quella bizzarra e affascinante messa in scena, che non aveva niente a che vedere con la tradizione italiana, credetti di essere in un villaggio sperduto sulle coste della Gran Bretagna.

Tornai alla realtà quando la voce della direttrice annunciò al microfono l'inizio della cerimonia. Poi si rivolse a noi e disse: «Possa la luce eterna di Tersicore ed Euterpe guidarvi nel vostro cammino».

Accese una candela, la passò al primo della nostra fila, che accese quella del compagno alla sua destra e così via. Nel frattempo iniziammo a cantare. Il coro durò fin quando ognuno ebbe accesa la sua candela.

Ero totalmente sedotto dalla solennità di quel rito. Non ci potevo credere. Fui distolto dai miei pensieri

Il salto nel buio

solo quando fu annunciato l'ospite d'onore: Pupi Avati,
uno dei grandi maestri del cinema italiano. Sbucò dal
nulla e prese posto sul pulpito. Iniziò subito a parlare:
ci disse che dentro ognuno di noi c'era un possibile
professionista di questo mestiere.

Disse: «Sapete, nella mia lunga carriera ho incontrato spesso due categorie di attori: il signor Bianchi
e il signor Rossi. Il signor Bianchi mi si presenta alle
audizioni schiaffandomi un book tutto rovinato sul
tavolo e mi fa: 'Ho fatto il bukkk...' con tre cappa.
Quando lo guardo negli occhi so già che ha perso in
partenza, che lui non è dove vorrebbe essere in quel
momento, che non ha alcuna passione né per l'arte
né per la sua stessa vita».

Dopo un attimo di pausa riprese: «E poi c'è il signor
Rossi: un ragazzo sveglio, con gli occhi vispi, che mi
appoggia delicatamente sul tavolo il suo book foto-
grafico, un album curato, ordinato, con belle foto, e
capisco subito che il signor Rossi è molto diverso dal
signor Bianchi. Il signor Rossi ha un'irrefrenabile voglia
di fare esperienze, vuole stare esattamente dov'è in
quel momento, sa stare in quel momento, è presente
a se stesso, alla sua vita».

Altra pausa. Poi: «Ecco, io vi auguro dal profondo del cuore di vivere sempre per tutta la vostra vita con lo spirito del signor Rossi. In quel caso, niente potrà mai esservi di ostacolo e vi sentirete liberi perché sarete vivi».

Come nella migliore tradizione, i bei discorsi, una volta terminati, lasciano qualche secondo di silenzio. Poi gli applausi iniziano a scrosciare.

Successe proprio così. Rimasi quasi commosso dalle parole di Pupi Avati. Fu l'incoraggiamento migliore per iniziare quell'esperienza.

Il momento delle lauree fu altrettanto emozionante. Vedere sfilare uno a uno gli ormai ex alunni e pensare che un giorno anch'io avrei preso parte a quella sfilata mi diede un'ulteriore spinta positiva.

Fu una giornata memorabile.

Il primo anno, quindi, iniziò così, per poi proseguire in modo intensissimo. Avevamo otto ore di lezione al giorno, e in ogni momento libero dovevamo creare qualcosa di nuovo: scrivere un testo, tirare fuori un'idea, inventare un personaggio.

Era tutto un creare, creare, creare. Bellissimo, ma massacrante. Gli esercizi e le consegne erano quasi sempre per il giorno successivo. A volte si trattava di compiti individuali, altre volte di esercizi di gruppo. Lo scopo della scuola era formare attori completi in tutto. Oltre a recitare, infatti, dovevamo anche essere sceneggiatori di noi stessi. In questo contesto, per esempio, era perfetto l'esercizio dell'«esposizione della scena». In poche parole si trattava di creare l'atmosfera adatta allo sviluppo di una scena che si sarebbe interpretata in un secondo momento.

L'esposizione è quella fase che precede la recitazione, che permette all'attore di entrare nel contesto in cui reciterà. Per immergersi in un'atmosfera (gioia, tristezza, rabbia, apprensione) si utilizza soprattutto la musica. So che sembra facile, ma la ricerca del pezzo giusto è un lavoro estenuante. Un brano che sembra adatto a una persona probabilmente non lo è per un'altra. È una questione di sensibilità individuale.

Dopo essere riusciti a trovare il modo per entrare in una determinata scena, dovevamo interpretarla improvvisando.

Un altro esercizio che ricordo bene era legato a *Finnegans Wake* di James Joyce, un'opera monumentale scritta in un numero imprecisato di lingue, la maggior parte delle quali inventate. Avremmo dovuto metterne in scena un capitolo.

Un lavoro mostruoso. Tirai fuori qualcosa, ma non so bene cosa, né come.

I corsi erano per l'80 per cento pratici, e solo un 20 per cento prevedeva lezioni frontali. Viste e considerate le mie difficoltà a scuola, per me era una manna.

La mente mia e dei miei compagni era messa a durissima prova. La nostra fortuna era l'affiatamento della classe. Tra di noi non eravamo molto competitivi, al contrario ci aiutavamo a vicenda in ogni modo possibile e immaginabile. Diventammo tutti molto amici.

Questo però non piacque ai docenti, che vedevano una sana competizione come necessaria alla nostra crescita. Così alla fine del primo anno ci divisero.

Tra le tante cose che emersero nel primo anno di accademia ci fu senza dubbio la mia abilità canora. Fino a quel momento non avevo mai cantato se non sotto la doccia. Invece, durante una lezione di canto l'insegnante scoprì che ero un controtenore: la mia voce riusciva a toccare note che un maschio raramente raggiunge. Ne fui così esaltato che per un breve periodo pensai perfino di abbandonare la recitazione per concentrarmi esclusivamente sul canto.

Per fortuna desistetti presto da quel proposito, ma lo feci con la consapevolezza di aver aggiunto al mio bagaglio una competenza in più, che oltretutto era estremamente qualificante.

Se dovessi legare il primo anno di accademia a una parola o a un concetto, direi «movimento». Fu un anno vivace, innovativo e pieno di freschezza.

E molto faticoso.

Arrivai all'estate svuotato di ogni energia. Passai le vacanze cercando di allentare la pressione a cui eravamo continuamente sottoposti, ma non ci riuscii del tutto. Mi presentai a scuola a settembre, per il secondo anno, più stanco di prima.

In breve tempo entrai in una crisi profonda. L'intensità del lavoro e degli esercizi era, se possibile, ancora maggiore rispetto all'anno precedente.

Era tutto un creare, creare, creare. E dimostrare, dimostrare, dimostrare. Inoltre si aggiunse l'aggravante delle esclusioni dalla scuola; sì, perché già sul finire del primo anno i professori avevano iniziato a scremare quelli che per loro erano meno portati. E io volevo a tutti i costi restare lì.

Il secondo anno fu tutta una nebbia. Lo vissi molto male, e persi il sorriso. Come se non bastasse, tornò a manifestarsi lo spettro della dislessia, che fino a quel momento era stato marginale grazie alla didattica estremamente pratica della scuola.

Un giorno, io e Alessandro fummo chiamati a sostenere un provino per un film indipendente, il primo lungometraggio di un giovane regista emergente. La sceneggiatura era già pronta, la produzione a buon punto: mancavano solo alcuni attori.

Quella convocazione fu una grossa sorpresa, e ne fui entusiasta. Il provino arrivava in un momento in cui vedevo tutto nero, e una buona notizia avrebbe potuto risollevarmi notevolmente il morale.

Mi presentai all'audizione sforzandomi di essere positivo. Purtroppo servì a poco: quando fu il mio turno, mi diedero in mano un testo in inglese mai visto prima e dissero: «Leggi».

I vecchi fantasmi schizzarono fuori da dentro di me, e lo fecero con impeto.

È finita, pensai. Leggi; in inglese; improvvisa. Tre concetti che nella mia mente facevano a cazzotti.

Dillo, pensai ancora. *Di' loro che sei dislessico, che non ce la fai a leggere un testo in inglese senza prima esserti preparato. Spiega a quella gente che la tua testa funziona in un altro modo. Precisa che non sei stupido, che non lo sei affatto, ma che ti serve solo un po' di tempo. Per una volta, usa la dislessia a tuo vantaggio. Proteggiti.*

Non dissi nulla. La paura di essere giudicato professionalmente in base a quella «confessione» ebbe il sopravvento. Iniziai a leggere, ma le lettere cominciarono a mischiarsi, si accavallarono, e la mia interpretazione fu sopraffatta dal tentativo di non incespicare nei meandri della parola scritta.

Il mio provino durò in tutto dieci secondi, fino a quando una voce disse: «Va bene, può bastare».

Era finita. Andata.

Mi fermai, sospirai, appoggiai il testo su una sedia e mi trascinai via da quel posto e da quelle persone.

A dire il vero fui anche parecchio sfortunato: ad Alessandro, che sostenne il provino dopo di me, chiesero di improvvisare un monologo... Quando si dice «il tempismo».

Il mio secondo anno di accademia si potrebbe riassumere con quel provino.

I miei amici – che ormai erano diventati una famiglia acquisita – capirono che non stavo bene e cercarono di aiutarmi in ogni modo, ma la rottura che avevo era personale, interiore e troppo profonda.

Andò avanti così fino all'inizio del terzo anno, quando depresso, demotivato e stanco, molto stanco, decisi di mollare. Era una sera come tante altre, la luna in cielo era alta e Roma era meravigliosa. Solo che stavo morendo dentro.

La finestra di camera mia era aperta. Il disagio mi spinse a vedermi volare via da tutto quello. Fluttuare lontano da Cinecittà, dall'accademia, dalla competizione snervante, da un Io che non ero più io. Un volo mentale verso qualcosa di migliore.

Il primo anno, con il suo movimento stimolante, con le sue novità, era ormai solo un ricordo appassito. Forse non era nemmeno esistito, forse mi ero immaginato tutto.

Guardai fuori dalla finestra e mi vidi volare via.

Stavo per mollare. Avevo quasi deciso: al diavolo l'accademia.

Poi, a un tratto, fu come se il mio *gohonzon* mi avesse afferrato per i capelli. Mi sentii prendere a ceffoni. Voltai le spalle alla finestra e all'idea di libertà che simboleggiava. Fissai il mio mandala. Sentii che mi stava chiamando.

Mi inginocchiai e iniziai a pregare. Andai avanti per ore; non avevo mai meditato così intensamente. Quando finii caddi in un sonno profondo. Non sapevo neanche che ora fosse.

La mattina dopo mi alzai con una leggerezza inedita, qualcosa che negli ultimi mesi avevo completamente dimenticato.

Finalmente capii. Stavo sbagliando tutto. Stavo tradendo la mia idea di teatro, e stavo facendo un torto soprattutto a me stesso. Avevo smesso di fare quello che piaceva a me per fare quello che piaceva ad altri. Tutto quel dimostrare, dimostrare, dimostrare si era preso la mia anima. Avevo messo il mio teatro al servizio del consenso altrui, non delle mie necessità.

Era il momento di far emergere il mio vero Io.

Questa presa di coscienza mi rese di nuovo libero, e da lì fu tutta una discesa.

Continuavo a creare e a dimostrare, come ci chiedevano i docenti, ma finalmente lo facevo a modo mio. *Ho sbagliato? Pazienza, io la faccio così. Dopotutto sono qui per imparare,* pensavo.

Ribaltai completamente la mia prospettiva: le dimostrazioni e gli esami non furono più finalizzati solo a un giudizio, ma diventarono una parte del mio percorso formativo. Smisi di aver paura e di sentire la pressione. In breve tempo feci dei progressi incredibili, forse più di quanti ne avessi fatti nei primi due anni. Era come se dentro di me, improvvisamente, fosse esplosa la primavera.

Smisi perfino di sentirmi stanco. Tornai a ridere per le cose semplici e a guardare il mondo come deve guardarlo un giovane attore.

12

Chi è di scena?

Gli ultimi mesi di accademia furono incredibili. Arrivai alla fine dell'anno con ancora il vento in poppa, pronto a solcare qualsiasi mare la vita mi avesse messo davanti. La consapevolezza di me e delle mie capacità aveva preso il sopravvento su tutto il resto. Avevo trovato un equilibrio nuovo ed estremamente stabile, ed ero pronto a proteggerlo con le unghie e con i denti: niente e nessuno sarebbe più riuscito a farmi dubitare di me stesso. Mai più. La mia forza era dentro di me. La mia risorsa ero io. Mi sentivo invincibile.

L'ultimo ostacolo tra me e la fine dell'accademia era lo spettacolo: il momento della verità.

Chi è di scena?

Al posto della classica tesi universitaria, con conseguente esposizione orale seguita da discussione, ogni studente avrebbe dovuto creare uno spettacolo teatrale di circa venti minuti. Soggetto, testo e messa in scena sarebbero stati finalmente, e totalmente, responsabilità individuale di ognuno di noi. Basta lavori di gruppo, basta compromessi. Si andava in scena, e lo avremmo fatto ognuno per conto proprio.

Quando i professori iniziarono a spiegarci tutto questo, fui colto da un misto di paura ed eccitazione. Ma ero vivo. Pulsavo. Rispondevo. Mi sentivo in gran forma.

«E mi raccomando», aggiunse un professore, «vi consiglio di trattare qualche argomento che conoscete bene. Vi renderà la vita più facile.»

Click.

Nella mia testa si accese una lampadina.

Sorrisi. C'erano due cose che conoscevo particolarmente bene: una era il teatro, naturalmente; l'altra era la dislessia. I due pilastri della mia vita.

Decisi in quel momento, senza rifletterci oltre, che avrei parlato di me. Uscii dalla stanza con la certezza di avere tutte le carte in regola per realizzare uno spettacolo completo in ogni sua parte. Volevo stupire, ma soprattutto volevo scrivere qualcosa che potesse ispirare altre persone.

Il giorno dopo iniziai a lavorare.

A ispirarmi, oltre alla mia vita, fu Paolo Conte, nello specifico la sua *Via con me*, che ascoltai a ripetizione per giorni interi, centinaia di volte di fila, con le cuffie ben piantate nelle orecchie. Era come se quella melodia fosse perfetta per scandire i tempi della metrica e delle partiture fisiche che avevo in testa. Il significato della canzone era calzante, ma fu soprattutto la musica a guidarmi.

In tre giorni scrissi soggetto e sceneggiatura. Si trattava di un monologo: avrei fatto la parte dello studente dislessico e incompreso. Per evitare di raccontare troppo i fatti miei non inserii la mia storia personale; al contrario, il mio personaggio era un dislessico come tanti, ispirato a diversi altri dislessici che avevo conosciuto nel corso degli anni, per esempio nel gruppo di sostegno DSA alle superiori. Questo espediente mi permise anche di uscire dal mio punto di vista e fare una riflessione dall'esterno, più oggettiva.

Fu molto istruttivo.

Impiegai le successive tre settimane a memorizzare il testo e a definire la mia interpretazione. Ogni volta che provavo lo spettacolo notavo qualcosa che avrei potuto fare meglio, così provavo e riprovavo fino allo sfinimento, spesso anche con la supervisione del mio insegnante.

Avendo finito prima degli altri, quindi avendo avuto più tempo per perfezionarmi, riuscii a limare quasi ogni difetto. C'era solo una cosa – e non era certo un dettaglio – su cui non riuscivo a raccapezzarmi: il titolo. Per quanto mi sforzassi, non riuscivo a trovare qualcosa di piccante, qualcosa che fosse ironico e riflessivo al tempo stesso, sulla falsariga dello spettacolo. Mi serviva un titolo che rispecchiasse me e il mio mondo.

La soluzione arrivò da sola, in un pomeriggio di sole: *DSA. Dove Sei, Albert?* Questo titolo mi entrò in testa e non riuscii più a mandarlo via.

Mi piaceva molto. Era la sintesi di diverse consultazioni nelle quali avevo coinvolto tutte le persone a me care. A furia di parlare, di stimolare, di ascoltare, il risultato era arrivato. L'Albert a cui facevo riferimento, ovviamente, era Einstein, uno dei più grandi dislessici della storia.

Con il titolo ormai deciso mi sentii definitivamente pronto. Non vedevo l'ora di mostrare a tutti i frutti del mio lavoro.

Ricordo l'isteria che si impadronì di qualche mio compagno nei giorni precedenti lo spettacolo. Mentre io ero rilassato, alcuni non avevano ancora scritto nemmeno una riga.

Vidi volare pc e sedie.

Vidi gente piangere.

Vidi la tensione deformare i volti.

Quella stessa ansia da prestazione che ormai avevo imparato ad allontanare stava avvelenando alcuni miei amici.

Fortunatamente il giorno della messa in scena andò tutto per il verso giusto. Anche i ritardatari arrivarono preparati, e tutti gli spettacoli risultarono ben fatti.

Per quanto riguarda me, recitai davvero bene. Nonostante l'emozione, riuscii a restare al contempo distaccato ma presente sul palco, quindi coinvolto ma lucido, occupando al meglio gli spazi e armonizzando testo e corpo. Mentre mi esibivo sapevo che stavo facendo qualcosa di bello, e con questa consapevolezza tutto fu più facile.

L'applauso finale fu una liberazione.

Durante il terzo e ultimo inchino, con gli occhi ancora fissi sul pavimento della scena, mi resi conto che il mio percorso accademico era appena finito. Da lì a pochi secondi avrei lasciato quel palco per l'ultima volta nella mia vita.

Nei giorni seguenti preferii non parlare con nessuno di quella sensazione, della malinconia per ciò che finiva e della paura per quello che mi aspettava. Io e i miei compagni avremmo festeggiato tutti assieme, non volevo togliere spazio alla spensieratezza che ci eravamo guadagnati. Ero però sicuro che ognuno di noi stesse pensando la stessa cosa. Si capiva dagli sguardi. Solo che a volte è meglio lasciar perdere le parole.

In fin dei conti ci meritavamo una tregua. Avevamo concluso un percorso grandioso ed esclusivo.

Ero certo che quell'estate, dopo due anni, sarei riuscito finalmente a riposarmi.

13

Dove Sei, Albert?

TERMINATI i giorni dei brindisi e delle feste, tornai ad Arese.

Quando entrai in camera mia appoggiai la valigia e mi sedetti sul letto. Mi guardai attorno. Poi, improvvisamente, realizzai – per la prima volta dopo molto tempo – di non avere idea di quale sarebbe stato il mio futuro. Fino a poche settimane prima, infatti, la mia unica preoccupazione era sì crescere come attore, ma sempre in funzione dell'accademia. Adesso che quel periodo della mia vita era ufficialmente concluso, che quel traguardo era stato raggiunto, avrei dovuto ricominciare da capo.

A fare cosa, però?

Avevo una sola certezza: finalmente ero un attore professionista.

Passai alcuni giorni a girare per casa, per Arese, per Milano. Uscii con i miei amici, trascorsi diverso tempo in famiglia. In sostanza mi rilassai, mi godetti la soddisfazione di avercela fatta. Ripensai a quando stavo male e a come mi sentivo adesso. Andai più volte indietro nel tempo con la memoria, alle elementari, alle medie, alle superiori.

A quando dicevano che ero stupido.

Feci un lungo riassunto di tutta la mia vita. Misi a fuoco la mia evoluzione umana e professionale. La dislessia, che fino a tre anni prima era stata un freno, mi aveva permesso di ottenere i primi, scroscianti applausi dalla platea accorsa ad assistere al mio spettacolo finale in accademia.

Mi sentivo a posto con tutto. Avevo pareggiato i conti.

In quei giorni di riflessione, che poi furono l'anticamera di un viaggio in Thailandia che avrei fatto di lì a poco con tutta la mia famiglia, ebbi una specie di illuminazione, o forse era solo un'idea banale figlia della sostanziale, piacevole noia che scandiva le mie giornate. Mi balzò alla mente il nome di Giacomo Stella.

L'avevo sentito nominare spesso da mia madre e dalle referenti DSA durante il liceo, soprattutto in occasione dei ripetuti scontri con la professoressa di matematica.

Il professor Stella, oltre a essere un grande esperto di dislessia, è anche il fondatore di due importanti associazioni di sostegno ai DSA. È citato in diversi manuali universitari ed è autore di numerose ricerche scientifiche. Insomma, è una vera e propria istituzione nel campo delle scienze dello sviluppo cognitivo.

Presi coraggio, trovai i suoi contatti in rete e gli mandai via mail il video del mio spettacolo *DSA. Dove Sei, Albert?*

Lo feci così, d'istinto, senza crederci molto.

Poi misi da parte tutti i pensieri e partii. Al resto avrei pensato al mio ritorno.

Trascorsi un'estate bellissima. Tornai ad Arese a fine agosto completamente rigenerato, con la voglia di saltare i fossi per il lungo.

Avevo capito che non era più tempo di stare a

Roma. Presi un treno per la capitale e comunicai ai miei amici che sarei tornato stabilmente a Milano. Sentivo che era tempo di andare, di fare altro, e che la mia crescita – che dovevo e volevo continuare – aveva bisogno di nuove strade. Solo, non sapevo ancora quali. Però avevo la sensazione che Roma, la culla del cinema italiano, in quel momento non fosse il mio posto. Paradossale.

I saluti furono difficili ma necessari.

Una volta a casa, con tutte le mie cose – vecchie e nuove – sistemate, iniziai a vagliare le possibilità. Intravidi due opzioni: andare all'estero e fare un'altra nuova esperienza oppure restare in Italia e dare vita a un progetto a lungo termine.

Mentre cercavo di districarmi tra queste due possibilità, in una mattina piena di tormenti, il mio computer emise un suono: era arrivata una mail. Mi piegai sulla scrivania per leggerla e... Era il professor Stella! Mi aveva risposto!

«Fantastico!!!» recitava il messaggio.

Mi sentii mancare. Quasi non ricordavo di avergli scritto, o comunque ero rassegnato al fatto che non avrebbe mai risposto. Per lui, per uno dei massimi

138

esperti di dislessia in Europa, il mio spettacolo era «fantastico». Punto.

Nel suo messaggio, oltre alle congratulazioni, Stella scrisse che se avessi voluto avremmo potuto iniziare una collaborazione. In calce alla mail aggiunse i recapiti della sua assistente, che avrei potuto «chiamare in ogni momento per i dettagli».

Sebbene non avessi ben chiaro cosa sarebbe successo da lì in poi, feci i salti di gioia.

Quella mail, in quel momento, era un segno. Era quello il mio progetto?

Chiamai l'assistente del professore e ci mettemmo d'accordo per incontrarci a Firenze nel giro di pochi giorni, presso la sede della casa editrice Giunti. L'assistente, che fu da subito molto cortese, mi spiegò che l'associazione SOS Dislessia, fondata da Stella, era in parte sponsorizzata da Giunti.

Quando arrivò il momento dell'incontro non stavo più nella pelle. Ero così concentrato su quello che stava accadendo che non mi curai dell'ambiente circostante: ancora oggi, se ci penso, ho un ricordo sbiadito degli uffici della casa editrice.

Dopo i preamboli l'assistente di Stella andò al

punto: il progetto consisteva nell'affiancare il professore durante le sue convention in giro per l'Italia. Gli incontri sarebbero stati divisi in due parti: prima quella scientifica, presieduta da lui, e a seguire la mia, con la messa in scena dello spettacolo.

Non ci pensai nemmeno per un secondo e firmai il contratto. Il tutto senza avere ancora avuto modo di conoscere Giacomo Stella.

Ricapitoliamo: ero un giovane attore appena uscito dall'accademia e mi avevano già fatto firmare un contratto, oltretutto per uno spettacolo ideato e creato da me, su un tema così delicato. Come se non bastasse, lo avrei portato in giro assieme al massimo esperto europeo di dislessia, e su sua specifica richiesta. O era uno scherzo o davvero le cose avevano preso un'inaspettata, rapidissima piega positiva.

Appena tornai da Firenze, la prima cosa che feci fu rimettere mano alla sceneggiatura: non potevo offrire una rappresentazione di venti minuti, dovevo almeno raddoppiarne la durata. E così feci.

Poi fu il turno del titolo. *DSA. Dove Sei, Albert?* mi sembrava un po' troppo ingenuo, così decisi di modificarlo in *DiSlessiA*. *Dove Sei Albert?* Un piccolo cambiamento, in fondo, ma per me molto significativo.

Ero ancora in quel limbo tra realtà e onirismo quando una telefonata mi fece capire che non stavo sognando. Era l'assistente di Stella. Mi disse che la settimana seguente il professore avrebbe tenuto una conferenza a Milano, in zona Baggio, e voleva che già in quell'occasione presentassi lo spettacolo.

E così feci.

Il giorno stabilito mi presentai alla sala conferenze, mischiandomi tra la folla. Ero al contempo spaventato ed eccitato. Entrai con passo leggero. Attorno a me c'erano medici e specialisti del settore. Andai in una specie di dietro le quinte e mi cambiai.

Poco prima dell'inizio notai che la sedia su cui avrei dovuto sedermi non era molto stabile. Cercai di sistemarla nel migliore dei modi, ma quello che mi colpì fu una voce che mi raggiunse da dietro.

«Sei l'aiutante?»

Mi voltai. Era una delle collaboratrici di Giacomo Stella, una ragazza sorridente che però non avevo ancora avuto modo di conoscere.

«Prego?»

«Sei l'aiutante dell'attore?»

«In realtà sono l'attore...»

Ci guardammo e ci mettemmo a ridere, anche se per motivi diversi: lei per l'imbarazzo, io per il disagio e l'agitazione.

E a un tratto, da dietro una porta, comparve lui, una figura familiare eppure sconosciuta, con quei capelli bianchi inconfondibili e un sorriso paterno.

«Francesco?» disse allungandomi la mano.

«Professore», sussurrai stringendogliela.

«È un piacere conoscerti. E chiamami Giacomo.»

«Il piacere è mio.»

Il suo carisma gentile mi colpì subito. Era un luminare, eppure si relazionava a me e agli altri con la semplicità dei grandi.

«Sei pronto?» mi chiese.

«Sì.» Mentivo.

Stavo per recitare davanti a Stella – anzi, a Giacomo, che oltretutto avevo appena conosciuto – e a qualche centinaio di persone. E non avevo idea di come sarebbe andata. Forse non ero neanche lontanamente pronto.

«Andiamo», disse alla fine.

Entrammo nella sala conferenze e ci sedemmo ognuno al suo posto. Giacomo iniziò a parlare, a spiegare, a relazionare.

La sala era gremita.

Quando terminò il suo intervento, toccò a me.

Fui accolto da un applauso.

Uno, due, tre respiri. Via.

Andai alla grande. Fu un successo. Alla fine vidi i volti soddisfatti del pubblico e le mani applaudire ritmicamente, con forza e a lungo.

Mi voltai verso Giacomo; era commosso.

Fu l'inizio di un grande percorso. Dopo Milano lo seguii in diverse tappe, girammo assieme l'Italia da nord a sud: Palermo, Trieste, Napoli. L'associazione SOS Dislessia ha una sede praticamente in ogni capoluogo, quindi le città che toccammo furono molte.

Lo spettacolo attirò fin dalle prime uscite una grande curiosità. Il passaparola fu entusiasmante e crescente. Cominciarono ad arrivarmi decine e decine di telefonate, di inviti, di proposte.

Capii che avrei potuto portare *DiSlessiA. Dove Sei Albert?* anche nei teatri, e non solo nelle sale confe-

renze assieme a Giacomo Stella. E così feci, naturalmente senza abbandonare gli impegni – che per me
erano un motivo di vanto – con Giacomo e la sua
straordinaria associazione.

La prima volta che andai in scena da solo fu proprio
ad Arese, il mio paese.

Al teatro comunale vennero trecento persone. Molte, per una realtà di provincia.

In quell'occasione notai una cosa: dopo gli inchini
e i ringraziamenti finali la gente non abbandonò subito
il teatro. Al contrario, restò al suo posto. C'era nell'aria
un senso di incompiutezza. Percepii che per il pubblico
non era finita lì, voleva altro. Allora feci una cosa
insolita: presi il microfono e mi rivolsi direttamente
agli spettatori.

«Ci sono domande?» azzardai.

Dalla platea si alzarono delle mani.

Da lì iniziai ogni volta, a fine spettacolo, a dialogare
con il pubblico. Fu l'ulteriore conferma di quanto la
gente sapesse ancora poco o niente sulla dislessia.

Di volta in volta, di spettacolo in spettacolo, il
numero di genitori di ragazzini dislessici venuti a
vedermi (anche) per chiedermi consigli aumentò. Non

è facile dimenticare il volto di un genitore preoccupato per il destino del proprio figlio, come non è facile dimenticare la speranza e l'orgoglio che brilla negli occhi di un ragazzo DSA quando capisce il suo vero potenziale.

Il passaparola aumentò ancora. Diventò una slavina.

In un anno feci più di cinquanta date.

14

Una piega inaspettata

L'ESPERIENZA in giro per i teatri fu meravigliosa, nonostante fosse solo il mio primo, personalissimo spettacolo; o forse proprio perché era il primo.

È vero che non avere un passato rappresenta un ostacolo, perché le persone non ti conoscono e quindi c'è difficoltà ad affermarsi, ma al tempo stesso è anche un vantaggio: non conoscendoti, nessuno ha aspettative. Non esiste un metro di paragone tra un prima e un dopo.

Questa consapevolezza mi permise di liberare tutto quello che avevo dentro con maggiore spensieratezza. La proverbiale sana incoscienza...

In quest'ottica il contatto con il pubblico – che è da sempre uno dei motori, forse il principale, del mestiere di attore – era cambiato molto rispetto a quello che avevo qualche anno prima. Lo sentivo profondamente. Può sembrare una frase fatta, ma non lo è. Il pubblico aveva pagato un biglietto per venire a vedere me. Ed era successo decine di volte.

Va da sé che, sull'onda di questo nuovo entusiasmo, quando mi si presentò l'occasione di fare un film non potei rifiutare. La mia agenzia – sì, nel frattempo mi ero iscritto a un'agenzia... – mi disse che la regista era molto preparata, stava per girare un film indipendente con Christopher Lambert e Remo Girone e le mancavano ancora degli attori per completare il cast.

Tra una cosa e l'altra era saltato fuori il mio nome.

Accettai subito, senza pensarci due volte. Naturalmente avrei dovuto superare un provino.

Mi mandarono via mail la trama e la parte da imparare per l'audizione: il film parlava dei *foreign fighters*, e io avrei interpretato – ammesso che le cose fossero andate come speravo – Taarik Alam, un giovane islamico radicalizzato che decideva di abbracciare la jihad. Il titolo era *Mothers*, in virtù del fatto che il punto di vista che si voleva indagare era quello delle madri dei fondamentalisti.

Il giorno del provino, a Milano, c'era anche la regista: cosa rara, nelle prime fasi del casting. Di solito, infatti, al primo provino c'è solo il casting director, che riprende e manda i filmati al regista, il quale a sua volta sceglie quelli più adatti. Dopo la prima scrematura, il regista organizza un secondo provino (e un terzo, un quarto e così via, fino a quando lo reputa necessario) per vedere lui stesso gli attori dal vivo. Liana invece c'è stata sempre, fin da subito.

Quel giorno eravamo una ventina. Quando toccò a me diedi il massimo, ma uscii dal provino abbastanza contrariato. Ero convinto di non essere riuscito a interpretare bene il mio personaggio.

Questa mia convinzione divenne quasi una certezza col passare dei giorni, quando il telefono continuava a non dare alcun segno di vita. Muto.

I giorni diventarono settimane, e l'attesa, che dapprima vissi con entusiasmo, diventò pesante.

Un mese dopo, quando ormai mi ero rassegnato

al fallimento, mi arrivò un messaggino. Un semplice sms.

Lo aprii. Lo lessi. «Preso!» c'era scritto. Laconico e meraviglioso.

Avrei recitato al fianco di mostri sacri come Christopher Lambert e Remo Girone! Non potevo crederci. Stava succedendo tutto così velocemente...

Con mia grande sorpresa, però, ero stato scritturato non per interpretare il personaggio per cui ero stato contattato, bensì il suo amico Sean: un giovane jihadista che però, al contrario di Taarik, è pieno di dubbi.

Capii di essere nelle mani di una regista che sapeva molto bene ciò che faceva. È molto difficile affidare a un attore un ruolo che gli calzi a pennello. Non tutti sono portati in egual misura a vestire i panni di Tizio o di Caio. Ogni faccia, ogni qualità attoriale si sposa meglio o peggio con certi ruoli, e la regista mi «vedeva» nei panni di un personaggio che non mi ero minimamente preparato.

Non vedevo l'ora di iniziare le riprese.

La cosa complicata, però, sarebbe stata la lingua. Non solo era il mio primo film – per cui l'emozione avrebbe rischiato di farmi dei brutti scherzi – ma dovevo anche recitare in inglese. Ripensai al primo, disastroso provino e al fatto che a compromettermi era stata proprio la lettura di un testo in inglese. Questo mi spinse a studiare il doppio. Ripensai alla mia estate americana, al ranch, a Piccola, ai cavalli, alle lunghe chiacchierate con mia zia: ogni cosa mi venne in aiuto.

Poche settimane dopo iniziammo le riprese, che durarono una ventina di giorni. Dal momento che era un film indipendente, non c'era a disposizione un budget stellare. La storia era ambientata in tre città – Raqqa, Damasco e una città europea senza nome, un luogo simbolico – ma le riprese le effettuammo interamente nei dintorni di Bologna.

Purtroppo, per questioni logistiche, non ebbi l'occasione di conoscere personalmente Christopher Lambert e Remo Girone, ma condividere il set con due attori del loro calibro – anche se indirettamente – è stata comunque un'esperienza molto formativa, oltre che un onore e un'opportunità. Lavorare in una produzione con standard di professionalità così elevati è

Una piega inaspettata

stato meraviglioso. Ho imparato ogni giorno qualcosa di nuovo.

Quando vidi per la prima volta il film montato, con tutte le voci degli attori doppiate in italiano, ebbi un mezzo mancamento. Fu un effetto stranissimo. La mia faccia e la mia voce non combaciavano. Non avevo mai pensato a questa eventualità. È una cosa a cui credo sia difficile abituarsi.

Facemmo «prime» in diverse città – su tutte Montecarlo, Roma, Sasso Marconi (uno dei luoghi delle riprese) e Città del Vaticano. Il film venne distribuito al cinema, e successivamente anche in dvd, che la produzione mandò oltreoceano alla conquista del mercato americano.

Ricordo benissimo la mattina della conferenza stampa, che si tenne presso il _Cinema Moderno_ di Roma, quando conobbi finalmente Christopher Lambert e Remo Girone, due persone davvero amichevoli. Per l'occasione avevo deciso di indossare il mio completo migliore. Fu una scelta saggia: fotografi e giornalisti, infatti, erano venuti non solo per intervistare ma anche per immortalare tutti i componenti del cast. Una cosa ovvia, del resto, ma per me del tutto inaspettata. Mi

154

sentivo come davanti a un plotone d'esecuzione, ma per lo meno ci ero andato vestito bene...

Terminai quell'esperienza profondamente arricchito, a livello umano e professionale. In accademia avevo imparato molto, ma lavorare a quei livelli aveva tutto un altro sapore. Era un'ulteriore applicazione pratica di anni di fatica e sacrifici. Era esattamente quello che volevo fare.

Pochi mesi dopo la fine delle riprese, un giorno come tanti altri, navigando in internet mi imbattei in un annuncio curioso: «*Zelig* cerca nuovi talenti».

Decisi di approfondire. Dopo una breve ricerca ebbi la conferma che sì, si trattava proprio di quello *Zelig,* quello «famoso». Un'istituzione del cabaret. E cercava nuove leve.

La propensione all'ironia e alla comicità, uno dei tratti distintivi della mia recitazione, avrebbe potuto giocare a mio favore, così decisi di cogliere al volo quell'occasione.

Il laboratorio dello *Zelig* ha luogo una volta a settimana nello storico locale di viale Monza, a Milano. Ogni attore ha a disposizione diversi autori che lo aiutano a mettere a punto il pezzo che lui stesso ha scritto in precedenza, oppure gli forniscono un pezzo nuovo, che però deve essere sempre coerente con le sue attitudini.

Può sembrare strano, ma cabaret e teatro sono due cose completamente diverse. Entrambi prevedono la performance dal vivo, ma il cabaret è più una qualità innata, mentre il teatro – per il quale comunque il talento è necessario – è frutto di uno studio lungo e approfondito.

Il cabarettista fa ridere anche gli amici, seduti a tavola; molte volte gli basta essere se stesso. L'attore invece ha bisogno di condizioni ideali, anche se un bravo attore è in grado di recitare in qualsiasi contesto.

Ecco, in un comico convivono le caratteristiche del cabarettista e dell'attore di teatro. In entrambi i casi reciti dal vivo e hai una sola possibilità, non puoi sbagliare. In più nel cabaret c'è un ulteriore livello di complicazione: la risposta del pubblico, immediata come la recitazione.

Il cabarettista deve far ridere. Punto. L'attore no, se non è richiesto; l'attore misura il coinvolgimento del pubblico con l'applauso finale.

Pensate a un cabarettista che per tre battute di fila

non sente ridere il pubblico. Capisce subito che qualcosa non sta andando nel verso giusto, e tutto si fa molto più difficile. Si fatica anche a proseguire. È tremendo.

Nonostante fossi teoricamente consapevole di queste differenze, non ero abituato. Andai al provino allo *Zelig* puntando tutto sulla mia abilità di rumorista. Alle elementari ero già in grado di far parlare gli oggetti, per esempio uno spremiagrumi. Col passare degli anni, nonostante la maturità, ho continuato a coltivare questo aspetto un po' infantile del mio carattere. C'è poco da fare: umanizzare gli oggetti ha sempre fatto ridere me per primo; mi ha sempre divertito, e di conseguenza facevo divertire gli altri.

Uno dei miei pezzi forti è da sempre il frullatore a immersione – il minipimer – che parla in napoletano, così sul palco dello *Zelig* misi in scena proprio quello sketch.

Volevo partire forte.

Quando iniziai la mia performance non sapevo a cosa sarei andato incontro. Ero completamente allo sbaraglio, una zattera in balia della corrente. Avevo solo me stesso.

Capii che stava andando bene quando sentii le prime risate. Dopo quella volta iniziarono a richiamarmi con una certa regolarità. Per un attore, anche se non comico, il palco dello *Zelig* è una delle palestre migliori: riuscire ad affrontare una platea così esigente, e uscirne bene, è davvero complicato, una forma di allenamento estremo, per il corpo e per lo spirito.

15
Gran finale

A VOLTE capita ancora che la dislessia mi giochi qualche brutto scherzo. Quando devo prendere un treno, per esempio, rischio sempre di sbagliare l'orario; ecco perché ricontrollo compulsivamente il biglietto, confrontandolo con il tabellone delle partenze.

Per non parlare delle operazioni bancarie: quei terribili 0000 0000 presenti nel numero di conto corrente mi mandano letteralmente in confusione; prima di procedere devo sempre chiedere conferma a qualcuno di cui mi fido. È imbarazzante anche quando sto intrattenendo una conversazione ma non riesco a restare concentrato sulle parole del mio interlocutore, perché la mia mente è stata improvvisamente attratta da qualcos'altro, oppure sta ancora elaborando le parole che mi sono state dette qualche secondo prima, e finisco così per perdere il filo.

Ormai ci rido su, considero queste piccole incertezze come il sale della mia vita, le vivo come un pizzico di imprevedibilità all'interno di giornate altrimenti troppo banali.

Come ho scritto all'inizio di questo libro, Albert Einstein diceva: «Ognuno è un genio, ma se si giudica un pesce dalla sua abilità di arrampicarsi sugli alberi, lui passerà tutta la vita a credersi stupido».

Non mi resta che concludere questo racconto con una domanda che mi ha fatto una volta un bambino: «Come si fa a diventare dislessici?»

Non lo so, piccolo amico. Posso dire però che se hai un pesce con gli zoccoli meccanici del dottor Knapper e la tecnologia del *Krautilus* di Nemo, il capitano scemo... be', nessun giudizio potrà scalfire quel pesce, che sarà libero di scalare la cima dell'albero o immergersi negli oceani più vasti senza dover temere nulla. E il più grande limite alle sue possibilità sarà solo e unicamente lui stesso.

Filastrocca DSA

Cosa rima con **DSA**?

Della **D** posso asserire
che Distratto non vuol Dire,

e la **S** vuol significare
che di un Sole splendente vi sto a raccontare;

e quella **A** che ci fa?
Ancora non si sa.

Dammi una mano a capire,
Sorridi quando c'è da gioire,
Abbracciami quando sto male.

Filastrocca DSA

La filastrocca non sta per finire,
ci sono altre cose che vi vuol dire.

Io sono **D**eterminato a capire
quando uno **S**trumento so usare
o se un **A**iuto devo cercare.

Dislessico, **S**ognatore, **A**ttore:
ecco per cosa sta quella sigla, **DSA**!

E per te cosa vuol dire?
Fatti aiutare a capire!

Il medico una cosa ti spiegherà,
un'altra cosa la mamma e il papà.

Ma solo tu puoi scoprire
quella sigla per te che vuol dire.

La filastrocca va a terminare
ma di un'ultima cosa ti vuole parlare.

Filastrocca DSA

Se qualcuno ti dà del matto
o ripete che sei distratto,

non farti ferire, non ti rattristare.
Ognuno di noi è una persona speciale,

e se un po' più di fatica dobbiamo pagare,
il nostro talento possiamo trovare.

La filastrocca ora è finita,
un **D**ubbio **S**olo **A**ncora rimane...

...ma qualcuno l'avrà capita?

Finito di stampare presso ELCOGRAF S.p.A.
Stabilimento di Cles (TN)
Printed in Italy